劇本的多重宇宙

馮勃棣導航，
39部電影的故事力
與生命啟示

馮勃棣——著

〈推薦序〉

每個時代都該學習如何說故事

易智言

　　馮勃棣是我 10 多年前，在台北藝術大學電影研究所編劇班的學生。如果以世俗的標準計算，例如電影票房成績、影展得獎數量，他們同學區區五人，應該是我 20 多年教書生涯中，畢業後在業界表現最亮眼的一班。

　　他們表現亮眼，不時會客氣感謝我說上課受益良多。但他們不知道其實我是如履薄冰地在教書，尤其是困難的編劇課，但還是教了 20 多年。我之所以持續教編劇，簡單分析原因可能是，自己在試圖解惑的過程中也偶有頓悟，儘管頓悟這回事虛無縹緲可遇不可求，但嚐到一次頓悟的甜美就期待下次。對知識的貪戀，讓編劇課進行了 20 多年。

　　他們這班遇到我的當下，湊巧是在這 20 多年的中間點。一方面，自己累積了足夠的頓悟，再困難的編劇方法也足以言說。另一方面，尚未累積教學疲乏，再困難的編劇方法也捲起袖子努力言說。所以，大家遇到老師的時間點很重要，這個時候遇到馮勃棣的《劇本的多重宇宙》很重要。這本書應該是他的中間點，既累積了充足的頓悟，也能生氣勃勃地努力言說，例如〈Part 1〉的第二篇，《金法尤物》。

　　《金法尤物》把欲望分為「表層欲望」與「深層欲望」。如此的表述，一方面深刻了解「欲望」是引領人物，推動故事

的首要方法，另一方面使用「表面」和「深層」的說法，淺顯易懂地置入主流劇本二元辯證的本質，這就是「悟」與「言說」最好的結合，沒有更好的表達方式。這樣的例子，本書中俯拾即是，也足以證明馮勃棣這些年來，經由理解和實踐，擁有了一腳邁入傳授編劇方法的實力。

但我自己還是擺脫不了經年累月的老師習慣，想提供讀者本書可能的最有效的閱讀方式。這本書或許可作為基礎編劇課的伴讀書籍。例如，讀到基礎編劇書中提到的 Major Action，在初步理解完整的理論之後，同時翻開本書閱讀詳細範例，進一步扎實地印證。

這本書另一個可能的閱讀方式，或可作為劇本的檢查清單。例如，翻開本書的目錄，提及的「同情」「同理」「崇拜」「錯誤決定」「道歉時刻」等等。可以利用這些提綱挈領的劇本元素標題，構思或檢查自己進行中的書寫，何時觀眾對主角開始同情，何時又開始崇拜，主角又何時終於道歉了，確保書寫和普羅大眾有效溝通。

很高興馮勃棣在創作之餘，開始書寫創作。這本書內容包括了研究所編劇課的精華，也包括了業界傳承的職業秘密，更大部分是他編劇多年提煉出的親身體會。期待他未來能持續編劇書籍的書寫，每個時代都有自己的故事，每個時代都該學習如何說自己的故事。謝謝馮勃棣，加油。

（本文作者為知名的編劇、電影和電視劇導演，代表作有《藍色大門》《寂寞芳心俱樂部》《行動代號：孫中山》《廢棄之城》等多部電影及動畫。）

〈推薦序〉

馮勃棣的理性與感性

一頁華爾滋・Kristin

　　一切的起點，是某年的尾牙聚餐，那時尚未相識的Birdy碰巧坐在我的左手邊，用餐之餘有一搭沒一搭地攀談起來，才得知我們倆幾乎是在同一個區域長大，也是從那時開始，電影成為我們共通的語言。久久見一次面，總會有聊不盡的話題，乃至後來的熱血劇本多重宇宙計畫、Podcast 錄製等等，尤其真正讀到化為文字的《劇本的多重宇宙》時，越是深入Birdy的思緒，越能感受到微妙共存於其內在的理性與感性。

　　作為一位編劇，甚或一位影評，日常無可避免需要大量觀影，研讀大量理論，最常見的職業病莫過於感官疲乏，對故事逐漸無感，但他始終保有用之不竭的熱忱，如此看待故事與理論——

　　「故事是生命的隱喻，戲劇是人生的凝鍊，所有的理論都是從生命來的。」

　　原以為這是一本屬於編劇的理論分析書，卻沒預料到，看似理性的論述硬是包覆起感性的靈魂，以真誠樸實的文字，帶領讀者和觀眾睜著眼走入影像裡。正因故事即信仰，無怪乎他浪漫地闡述：「看戲最美的時刻，就是燈光亮起，走出戲院後，彷彿感受到自己已是不同的人。」

他看電影，直接望入故事的本質，就像透視一棵大樹的骨幹：談《全面啟動》，看如何完美結合複雜任務與角色弧線；談《斷背山》，看愛情的風險成就故事的重量；談《腦筋急轉彎》，看悲喜參半才是人生完整的模樣；談《王牌冤家》，從反面論證看相遇相戀的命中注定；談《意外》，看建構在不同立場上的對與對之衝突；談《進擊的鼓手》，看不瘋魔不成活的偏執角色。透過這些多年來反覆討論的作品，形形色色的靈魂，大同小異的困境，企圖為庸庸碌碌的你我追尋生命出口。

提姆波頓曾提到，他認為所有的藝術創作都是為了解決特定問題，可能是幻想，也可能是一種自我療癒；對Birdy而言亦如是，再次走過這39趟的療癒之旅，他不但將編劇的專業注入其中，也深刻思索了故事之於自我、之於世界的意義。此書宛若一張黑暗中的地圖，穿透靈魂之窗，依循著一部又一部電影點亮作者的思路，同時扮演著連接夢境和現實、過去和現在的橋梁，在理性與感性之間切換自如，在主觀與客觀之間左右擺盪，在虛構與真實之間重新活過無數條平行人生。

「漫長人生，並非什麼都值得變成故事，唯有最美麗動人的那一刻，值得被講述被記錄，值得化成篇章，值得被說成一個故事。改變與成長，就是最美的那一刻。」

《劇本的多重宇宙》對讀者、對作者、對觀眾而言，記錄的就是這些從黑盒子直達我們眼裡的美麗瞬間。

（本文作者為有溫度的影評人、作家，著有《光影華爾滋》，喜愛透過觀影、閱讀探索人與人以及人與自我之間的關係。）

〈好評推薦〉

　　書中一篇篇對電影的精采解析中，看見的不僅是作者對劇本理路的見解，更坦露出一個與火同行的編劇如何誠懇地面對生命中難熬的時時刻刻，在戲劇創作和影像的哺養下，療癒不得不左顧右盼的人生。

——吳洛纓　資深編劇、北藝大電影系助理教授、

編劇學會理事長

　　這是一本平易近人的戲劇創作指南，從賞析39部電影佳作著手，引領讀者探索構作故事的要領，揭開如何說好一個故事的秘技。不僅是劇本創作者不可錯過的秘笈，對於想深度品味劇作寓意的觀眾來說，更是一本引人入勝的電影欣賞寶典。

——姚坤君　臺灣大學戲劇系副教授

[目錄]

PART 2

生命中的高光時刻：邁向三幕劇與希臘悲劇

PART 3
自己的人生自己創作：創作心法與戲劇理論

〈導論〉
故事的秘密，就是人生的秘密

　　我愛故事，我愛創作，我愛活著。

　　我是一名劇場與影視編劇，同時鑽研脫口秀、魔術、饒舌音樂等現場表演藝術。對我而言，以上我悠遊的藝術媒介都是在說故事。戲劇與電影是最基礎的說故事形式，但舉凡脫口秀用段子去嘲諷社會亂象或自嘲，魔術用技法以操作誘導觀眾的注意力並激起情緒與情感，饒舌音樂用韻腳與韻律來表達思想等，這些本質都是在敘事。原來，我是一個故事狂。

　　創作常常像是做了一場很大的夢，在夢中我直視潛意識內最深的痛苦，然後創造了一個世界，寫下了一個個角色，他們幾乎反映出我的各個面向。我讓他們在故事中冒險，去闖蕩，讓他們摔到遍體鱗傷後再給他們一個救贖，這出自我的溫柔，真捨不得那些可愛的角色們一蹶不振。後來我發現，那個救贖是要送給自己的。

　　寫作，是一場自我療癒之旅，是讓自己與世界發生連結，是與世界上每一個狂喜與痛苦的靈魂們坐下來聊聊。

　　說故事是人類的天性，是人類得以延續智慧，找到存在意義，梳理情感的工具。人類稱為萬物之靈，便在於會活出故事，會製造故事，也會講述故事。古老的祖先們將故事刻畫

在牆上，在營火邊講著每日奇聞，時至今日，故事有了廣泛應用，它可以用於心理治療，可以用在行銷，在社群網站的時代用於自我建構，可以是茶餘飯後的消遣，也可以作為人生的紀念。故事無所不在，可以帶人逃離，也能讓人沉浸。

而我最熱愛的敘事媒介莫過於電影，著迷於其獨特的敘事與影像手法。

電影能夠深入觀眾的內在，以他們的思考方式，讓觀眾經歷了智性與情感上的衝擊，並在情感撞擊中找到意義。「找到意義」是故事非常重要的一環，它不只是罐頭的笑料、煽動的情感和無謂的亢奮，而是帶出意義，讓人們重新觀看自己與世界，並從中得到體悟。那些潛藏在靈魂深處的焦慮、恐懼、憤怒、創傷、欲望，皆透過說故事的過程讓人們暫時脫離現實的纏累，得以進入夢的邏輯冒險。

這是一場儀式，也是一場虛擬實境，讓我們在一段有限的時間中，就這麼活過了一回，走過了死亡與重生。

而要激起觀眾的情感，讓他們找到有意義的激情，是有方法並有跡可循的，這就是本書想要講述的故事理論。

創作涉及神秘，在我年輕較為文青的時期，認為創作無法習得，必須仰賴神秘天啟，我胡亂創作，以生命的養分作為寫作藍本，在自我摸索中做對了一些事，也做錯了一些事。直到後來栽進理論的汪洋，深深為其廣闊深邃所著迷，一度瘋狂陷入理論的星圖。後來我發現，理論之所以這麼有趣，是因為它

的源頭是生命的秘密。

故事是生命的隱喻,戲劇是人生的凝鍊,所有的理論都是從生命來的。

坊間的編劇書本令人眼花撩亂,許多將結構做出數字化與形式化的分析,不可謂不重要,但在實際寫作過程中,那依然不是創作的本質。

本書企圖建構理論之外,也希望能勾起情感,從故事的原則中找到生命的本質,從結構與形式裡看到活著的悸動。

我一直覺得看戲有個最美的時刻,就是當劇場或電影院的燈亮時,感覺走出戲院時,已經是個不同的人了。故事是有這種魔力與魅力的。故,我不希望這只是一本編劇書或創作教戰守則,亦是一本賞析戲劇、從理論連結到生命的靈魂之書。

2022 年的美國編劇工會公布他們評選出的「21 世紀最佳101 部電影劇本」。這 101 部劇本充滿各種類型、敘事手法,涵蓋古典與非古典的結構,在在證明了,即便風格迥異,都有好劇本的潛力。本書刻意從這個比較新的片單著手,一來是希望這是大家比較有看過的片子,二來想從較新的電影中來看當代的美學與脈動,同時證明那些古典與古老的智慧到了當代依然適用,因為那都是源自於人類的共同情感與普世經驗。

本書雖然每一個章節都是以一部電影為主,但一篇文章只從該電影中探討一個編劇議題,試圖從頭到尾建構出一個戲劇宏觀的理論,這些篇章不只是旅程中散落的明信片,我更期待

是搭上一輛通往幽微故事與生命祕境的列車，隨著一站一站去窺視生命與故事的宇宙，進入山林的最深處，把山的全景給看了，也聞到了每一朵紅花綠葉的芳香。

不要忘記生命才是創作中最重要的一環。在我們對戲劇理論抱持激情的時候，記得要先對生命抱持激情。對生命敏感，對人好奇，對現行的世界保有批判的態度，同時擁有廣納包容的胸襟。

開始這趟旅程吧！讓我們去與故事中的每一個角色擁抱，與世界上發生過的一切眼淚、高潮、心動、幻滅、悔改們擁抱，去與即便好累好累仍努力活著的自己擁抱。

現在，開始進入故事的多重宇宙。

PART 1

靈魂是世界的窗
主題、角色與衝突

醒來吧，變成不一樣的人
《全面啟動》故事的靈魂是角色的改變

　　漫長人生，並非什麼都值得變成故事，唯有最美麗動人的那一刻，值得被講述被記錄，值得化成篇章，值得被說成一個故事。**改變與成長，就是最美的那一刻。**改變，意謂著有些事情發生了，撼動了我們的本質，挑戰了我們的思想；成長，則代表我們被故事拉著往前走，奔向不同的狀態了。

　　那些生命中足以稱之為故事的，其最重要的即是「角色的改變」。我們幾乎可以說，**若是角色沒改變，則代表根本沒有事發生。**回顧我們人生中最重要的幾段故事，是否都在人生道路上、未來方向上、情感狀態下、價值選擇上造成了或大或小的改變？尋常人生中，我們日復一日，每一天都是前一天的複製貼上，唯有當我們經歷劇烈震盪而成為不太一樣的人時，我們才會說，噢，有故事發生了。

┃再怎麼炫技，也要顧及故事理論

　　《全面啟動》是由導演諾蘭執導的科幻動作大片，由李奧納多飾演一名能夠潛入他人夢境去竊取或植入訊息的人。科幻動作鉅片到處都是，本片卻獲得 IMDb（Internet Movie Database，網

路電影資料庫）8.8 分的極高評價，除了導演建構華麗宏大的動作特效與視覺奇觀外，其聰明刁鑽的劇本亦是功不可沒，將電影拉拔到更高的格局。

諾蘭的劇本向來複雜龐大，本片劇本建立了繁複的世界觀，穿梭意識與潛意識的巧妙設計與燒腦情節，要深究下去能探討的東西不少。本文則返璞歸真，從該劇本切入故事中非常基本的議題，來證明即便**再怎麼宏大的企圖背後仍有扎實的故事基本功**，就算訴諸感官刺激的大爽片也要顧及最重要的故事理論，即便本片充滿諾蘭式炫技，其下仍有深厚的古典基底。

《全面啟動》真正的故事不只是外在世界的天翻地覆，更在於李奧納多內在心靈的天翻地覆，這才是該電影成為不凡科幻動作片經典的關鍵。

簡述故事情節。李奧納多接了一個任務，要帶一群人潛入目標對象的潛意識去植入思想。但人的潛意識中有軍隊會抵抗入侵者，所以他們潛入時是要抵抗對方的攻擊的。他們要先進入潛意識第一層，迎戰成功後殺到潛意識第二層，面對火力更強的敵人，最後殺到潛意識第三層，對抗最強大的終極軍隊。在此層植入意念後，他們要從第三層回到第二層，再回到第一層，最後殺出血路逃出夢境，從現實世界中醒來。

若是故事單就以上的情節進行，將會少了故事的靈魂——角色的改變。

編劇若不建立任何角色在情感中的困境或價值選擇，單單塞滿華麗的動作特效、視覺奇觀，配上大明星的演出，或許也是一齣言之成理的戲。但若《全面啟動》**不關注角色的改變**，

充其量就只是一個超大卡司和預算的電玩破關遊戲。在冒險破關電玩遊戲中，一關會比一關有更強的難度與挑戰，在《全面啟動》中，潛意識也是一層比一層有更強大的敵人要面對。如果少了故事理論的補足與支撐，該華麗特效片的故事將極其蒼白，更不會達到現在的藝術高度。

角色弧線

要書寫人生的「改變」，可以將其化約為兩種人生處境 A 與 B 的辯證，而角色在一齣戲就是從 A 點走向 B 點的過程，這段改變與移動，我們稱之為「角色弧線」（Character Arch）。

《全面啟動》為此做了什麼？

李奧納多有個深愛的前妻，卻受到他的影響而意外喪命。他算是間接害死了她，有強烈的罪惡感，在思念中久久無法原諒自己。編導在此做了一個絕妙的聰明設定，李奧納多在侵入別人的潛意識時，自身最底層所魂牽夢縈的人物也會跑出來。所以，當他出任務時，前妻的身影會不斷浮現，勾起他的罪惡感，喚醒美麗的回憶，勸服他永遠留在夢境中延續當年的激情愛戀。這讓他耽溺不想走，因為在夢境中，一切宛如真的。

他被困在過去，放不下以前的愛人。他無法原諒自己，走不出去。甚至，他在出任務的時候就別有所圖，他雖想完成任務，更想偷偷去心底的最深處見朝思暮想的愛人一面。

這份心底的執迷，讓團隊出任務的計畫因他的耽溺而岌岌可危。此時，這個任務的成功失敗，已和李奧納多能否克服

心魔緊密相連。若他耽溺過去、被前妻的身影所影響，整個任務極有可能失敗；相反地，如果他選擇留在潛意識，將可以在虛擬的夢境中永遠與過往的愛人在一起，但他的任務可能會失敗。為此他將付上的代價是，永遠無法在真實世界中醒來，無法再見到現實中的孩子。他將永遠停在回憶中的美麗幸福，卻失去了現實未來的一切可能性。

他面臨到一個瘋狂二選一的天人交戰：「耽溺在回憶中不斷懊悔思念」或是「放下過去的創傷，前往下一站。」

最後的高潮，李奧納多獨自前往潛意識最深層與前妻面對面交鋒，前妻喚著：「你還記得向我求婚的時候嗎？我們說過要一起白頭偕老。」而歷經整齣戲的波折的李奧納多在任務即將失敗時，想起了人生的責任、想起現實中的孩子、驚覺這段最刻骨的愛戀即便動人可愛，卻是讓他人生停滯不前的幻影……

｜大夢初醒，變成了不一樣的人

要書寫角色如何面對內心的情感困境，就讓他在最後產生一個二選一的天人交戰，這「天人交戰」包含兩種價值，一個是起始的 A 點，即是他不願意放下的過去；另外一個是他可以抵達的 B 點，即他決定放下過去、往未來前行。歷經一整齣戲的碰撞，李奧納多對深愛的前妻回了：「我無法忍受對妳的思念，但我們曾經在一起過，我必須要放下妳了。」

「我必須要放下妳了。」他是如此說的。

李奧納多不捨地撫摸前妻的臉頰後轉身離去。他不願活在幸福的幻夢裡，他要回去那個沒有愛人的真實世界。

　　終於，他完成了任務，而能完成任務的關鍵，在於他跨過了自己的心魔。他改變了，從 A 點走到了 B 點，完成了他的角色弧線。因為他的改變，我們知道他不只是經歷了幾場精采絕倫的戰鬥而已。在這段植入記憶的任務中，有真正的故事發生在他的靈魂深處。

　　他生命中的情感議題與外在任務緊緊扣在一起，這種外在行動與內心戲的結合，是非常重要的。

　　故事最後，李奧納多從出任務的夢境中「醒來」了，迷濛地醒在一架飛機上。這除了是生理意義上的醒來，更是精神上的。更可以說，**「醒來」是所有故事的隱喻，任何關於改變的故事都是在寫主角的「醒來」。**

　　他們大夢初醒，變成了不一樣的人。

不屑你的讚美
《金法尤物》表層欲望與深層欲望

欲望，是創造一個角色最重要的事情。**一個沒有欲望的角色，是不值得書寫，更配不上當主角的。**

在人生中，我們的欲望有很多面向，有時根本模糊不清，想要的不過是平靜度日。但當一個心儀的人出現，生活有了目標，有了追逐對方的欲望；當我們被不公義的事情欺壓時，生活又有了目標，有了想討公道甚至報復的欲望；當我們發現死期將至，可能才會積極想要完成一生中的必做清單……換句話說，當我們有足夠而且清楚的欲望時，才會開啟一段向前的旅程。

人有強大的欲望，才會去採取行動。因為有欲望這個引擎作為推力，角色有了不達到不甘休的目標。**我們看故事，就是在看角色如何竭盡所能去獲得他們想要的。**

彰顯角色內在真正欲望的重要時刻

《金法尤物》中的女主角是個主修時裝採購的金髮性感辣妹，動作、表情、講話方式都浮誇三八，符合一般人對無腦妹的標籤。她深愛的男友提出分手，表示他出身政治世家，父母

對他期許很高，而身為哈佛高材生的他要找的是名媛，不是她這種膚淺無腦的女孩。女主角被甩，還被嫌棄羞辱，傷心欲絕地崩潰大哭。

她先是軟爛在沙發上看偶像劇、吃零嘴，但很快振奮起來，決定要來個超級大挽回。既然前男友嫌棄她無腦膚淺，那只要變得夠優秀就肯定能讓前任回心轉意。但，要怎樣才能證明自己優秀？她想到的方法是，成為哈佛法律系學生。

女主角產生了欲望→挽回前男友。而她完成欲望的手段→成為哈佛法律系高材生。

很快地，她憑藉努力與強烈個人風格進到哈佛法律系，第一堂課就表現不佳被老師趕出教室，去哈佛的派對又因穿著兔女郎裝變成奇裝異服的笨蛋；她即便上了哈佛法律系，依然在派對中被前男友打槍，依然被嫌不夠聰明，她疑惑了，所以這樣還不夠優秀？

她本以為只要進了哈佛法律系就能挽回前任，現在才知道光是進了法律系還不夠，還得做得更好、更優秀，才配得上愛。她開始加倍努力，埋首圖書館，進步神速，眾人漸漸對她刮目相看。到了故事中段，她獲得一名男性教授賞識，成為律師事務所的實習生，協助老師打一場凶殺案官司，幫女殺人疑犯洗清罪嫌。在準備過程中，她透過美妝時尚的知識數度突破案件盲點，幫助案件進度大幅進展。

她變好了，成為專業上能助人、在聰明才智上受到肯定的女性，連男教授都稱讚她比大部分的男同學還要聰明，直到——

直到男教授對她伸出鹹豬手，展露不良企圖，她驚覺教授對她的重用根本是覬覦她的性感美貌。她瞬間天崩地裂，這一路建立的價值感都瓦解了，原來自己能有這點成就，終究還是因為性感美貌，而無關才智。

　　女主角陷入極大的失敗感，這是一個彰顯角色內在真正欲望的重要時刻。如前所述，女主角的欲望是挽回前任，那是愛情問題；但這裡，女主角的沮喪失敗感完全無關愛情，她的挫敗感來自她一路想建立與證明的自我價值在此時完全被教授給否定了。

　　原來，這一路上，她想讓自己變優秀的原因並非只是表面上的挽回愛情，她內在真正想要與需要的，其實是想找到在分手時被貶損的自我價值認同。

｜「表層欲望」與「深層欲望」

　　要拆解欲望的內在機制，我們可以將主角的欲望分成「表層欲望」與「深層欲望」。表層欲望是，我們以為我們想要的；深層欲望是，那些我們內心真正想要的，只是我們多半還沒頓悟到我們真正想要的是什麼。

　　有時候，這兩種欲望是統一的，但兩者時常是分離甚至矛盾的。人們往往奮力完成表層的欲望，卻發現離深層真正的欲望越來越遠，這會導致角色兩種結果。一，主角停留在失落悵然裡；二，主角在失落悵然後理解到自己真正需要的是什麼，於是找到更高的價值，找到對的行動，前往對的方向。

在《金法尤物》中，女主角的表層欲望和深層欲望原本是分離的，她在一開始並沒意識到自己真正在意的是什麼。而隨著故事的進行，她越來越明瞭自己為何而哭，頓悟到眼淚背後的她真正失落的是什麼，那真的只是因為一個男人嗎？

故事的最後，女主角憑藉法律專業與美妝知識打贏了官司，取得了貨真價實的成功，實現了外在目標。此時，戲劇中最重要的橋段來了，前男友看到她優秀的表現後回來向她要求復合，而這是她從一開始就最想要的一刻。

這個大復合是對主角這段旅程的終極考驗，讓我們看看她經歷了這一段碰撞與成長後會如何抉擇？

她起先的外在目標「在哈佛法律系成功」達到了，她的表層欲望「挽回愛情」也即將成功。但在完成外在目標的路上，她發現她深層的欲望根本是「找到自我價值認同」，那才是真正撼動她存在根基的。如今，她的深層欲望已被滿足，還需要一名渣男的回心轉意來證明自己什麼嗎？不必，因為在挽回前任的路上，她已經獲得了真正的滿足。

她甩了這個勢利的男人。當她獲得真實的價值感時，根本不屑他的讚美。

| 如何意識到深層欲望？

再拿《寄生上流》為例。故事中一家四口的表層欲望是過上好日子，即便用欺瞞的方式都要過過上流社會的乾癮，他們透過小奸小惡混入上流之家，獲得替代性的滿足。他們的外部

目標達成了，享受著有錢人的快活日子，此時，他們得以吃香喝辣的表層欲望已滿足，卻漸漸意識到上流人家看似客套的行為下，在在是對貧困階級的貶低輕視，甚至說了貧困之家的父親有窮人臭。在故事的演進下，最後父親殺了上流人家，從窮人墮落為罪犯。

他的表層欲望不是達成了嗎？為何情況還會失控？此時我們才發現吃香喝辣只是表面，他們真正想要也需要的深層欲望，是尊嚴。過著聊備一格的好日子不過是手段，當真的尊嚴被貶低時，再怎麼蹭有錢人家都無法讓自己過上心底想要的尊貴人生。

要如何意識到什麼是自己的深層欲望？那就讓角色的表層欲望先被實現吧！此時，若角色們仍無法感到內心的滿足與平靜，便會去尋找什麼才是他們真正想要的。

我們都回不去了
《斷背山》欲望的風險與代價

　　我們總是在出發，總是在前往他方的路上。從學生邁向社會，從青春邁向後青春，從單身邁向愛情，再從愛情邁向寂寞。我們在風光的時候開始學習落魄，在一無所有的時候希冀谷底翻身。但不見得每一段出發都會留下深刻的回憶，也並非每一段愛戀都會在年老時成為下一代的床邊故事。有些出發確實無關緊要，有些啟程則注定銘記一生。

　　如何顯示出一段故事的愛是渾厚有力？如何看出一段角色邁出的旅程是充滿意義？如何確認我們的決定並非兒戲，而是攸關生命？

　　要寫出一個具有重量的決定，要呈現一個充滿意義與力量的跨越，端看這個決定與邁出的步伐會有多大的「風險」，意即，**角色為了這個欲望所付出的代價必須要大**，唯有願意冒著極大的風險，欲望才會是濃烈的，旅程才會是一次撼動人生的出發。

　　代價與風險，決定了一段故事的重量。

┃一切扣人心弦的出發都必須要「危險」

　　《斷背山》是李安在 2005 年獲得奧斯卡金像獎最佳導演獎的經典同志片，全面瀰漫苦悶與壓抑的氛圍，沒有刻意狗血的煽情催淚，用平鋪直敘的語調，緩緩透過劇中的 20 年時間來刻畫一對不容於世俗社會規範的男同志愛侶。其後座力強勁，書寫的愛與遺憾無比動人。

　　艾尼斯與傑克年輕時在一個燦爛的夏天於斷背山上打工相遇，過著放羊畜牧的日子。傑克健談爽朗，艾尼斯則沉默寡言，相對內向。他們一冷一熱，一收一放，一起生活、打獵、吃飯、洗澡、睡覺，鮮少言語交流。直到一個喝了酒的夜晚，他們在帳篷內情不自禁發生關係，兩人謎樣的情愫被勾動，再也藏不住了。

　　下山後，兩人告別，想要過所謂的正常人生，卻沒有真的忘了這段邂逅。接下來的幾年，傑克和艾尼斯各自結了婚、有了妻小，過著看似符合社會價值觀的生活。但那幾個月的愛慾始終縈繞於心，幾年後，傑克竭盡所能找到了艾尼斯，這一次，他們不願再錯過，他們彼此思念，彼此奔赴，彼此牽絆，彼此怨懟與彼此寬諒。

　　在長達 20 年的關係裡，他們每年相約幾天在定情的斷背山，在那裡拋開一切家庭現實等顧忌，只為了重拾年輕時那幾個月的溫存。在山上、溪邊、月光下，共同掀起肉體與靈魂的浪潮，擱置人生的難，墜入只有愛與欲的夢境。

　　這對戀人在首次發生關係過後，個性瞻前顧後和膽怯自疑

的艾尼斯說起一段悠遠的兒時回憶。年幼時，他看到村莊中一對男同志因犯了禁忌愛而被活活打死，其血腥殘忍的畫面在他腦中揮之不去，宛如給他一個永恆的警告——在當時的時空背景與社會規範下，這樣禁忌的愛，**風險與代價就是死**。

艾尼斯以此故事提醒傑克，聽聞後，傑克反倒去摸摸艾尼斯的耳垂，如安撫著一隻嚇傻的小狗狗。顯然地，與其先去想死亡，他更不捨眼前因愛上而恐懼的情人。為了這段愛，他無暇思及死亡。

任何無關痛癢的決定，都不值得寫成故事。正是**冒著極大的風險還要出發，才會是一段可能發光的故事**。不論是愛情上、事業上、親密關係上、自我的認同與追尋上，**一切扣人心弦的出發都必須要「危險」**。意即，人會啟程都是為了到達更好的境地，但如果隨時能回頭、隨時能停損，那也不會是什麼偉大的決定。風險夠大，好則得償所願，慘則一無所有，**所有的夢想家都是一個賭徒**。

往後，兩人再次重逢，艾尼斯再次勸退這段關係，表面在說服傑克，更像在警告制止自己。「你在那兒有妻小，我在這兒也有自己的人生。當我們在彼此身邊又過得無法自拔，但卻發生在錯誤的時間跟錯誤的地點呢？我們就死定了。」

再一次，他提醒，這段禁忌之戀的風險，是死。

｜那個「再也回不去」的切分點

對風險與代價心知肚明還執意出發，是真正對愛的不顧一

切。願意為了這段關係飛蛾撲火、付上生命的代價，更證明這這段關係的不平凡。

倒不是所有的代價風險都要拉到生死的維度，但風險夠高，都是冒著某種物質或精神上象徵性的死亡。**角色做出的決定是危險的，走上的路是吊鋼索的，故事才有勾人的懸念，觀眾才會為了角色而擔心受怕。**

開始一段戀愛關係，都是冒著未來會傷心欲絕的風險；為了事業、比賽、夢想而義無反顧，代價可能是失去成長中其他的一切體驗；所有的英雄片與戰爭片的風險是喪失生命；冒險與尋找的代價是永遠無法回家；出櫃的風險是再也無法擁有原本平靜的生活；創業的風險與代價是血本無歸；就連告白都有失去尊嚴的風險……

每個不顧一切為了所愛所夢而無限靠近的人，都是故事裡的英雄。回顧人生，那些一切足以名之為故事的啟程，是否都帶著危險的成分？是否一不小心便會丟失了原本平靜安穩的處境？

而會讓觀眾更加揪心，會讓觀眾搗著心臟為角色擔心不捨的，便是角色走到那個「再也回不去」的切分點。人生中總是有那麼一刻，當你過去了，就只剩兩個選擇，要嘛勇往直前抵達夢中的星球，要嘛就是永遠到不了，但是再也回不去本來的地方。

《斷背山》中，下山後的艾尼斯過著簡樸小資的居家生活，他在妻子身上發洩欲望卻不真的疼惜，苦惱於家庭與經濟狀況。傑克愛上了社經地位都還不錯並有良好工作的女孩，過

著較為優裕的生活。他們都走在穩定的道路上，有著令人欽羨的安居樂業人生。

但不久後即被艾尼斯的妻子目睹他們狂熱接吻的那一刻，一切就回不去了；當艾尼斯每年謊稱去釣魚卻被發現魚箱與魚線根本從來沒有被動過時，一切就回不去了。他們花了整整20年，做了無數次「再也回不去」的決定，終於，他們真的回不去了，只能繼續愛下去。諷刺的是，在他們幾乎失去原本的一切時，這段愛卻疲乏了，累了，瀕臨放棄了。

故事無疑是悲觀的，就像起初艾尼斯的預言，這段愛的風險是死，傑克於一場爆胎的意外中喪生。雖不直接與兩人的戀情相關，但這詭異的死因依然引人遐想，尤其當艾尼斯腦中又閃現兒時看到同志被打死的恐怖回憶，或許冒著會死的代價去愛，還真的這麼死了一回，才證明真切愛過。

那些最深刻的回憶，往往都伴隨著最危險的決定。**再也回不去了，是生命中最戲劇化的瞬間。**會有那一刻，之前，我們是那樣的人。之後，成了現在的模樣。

你怎麼連話都說不清楚
《王者之聲》Major Action與內心戲的結合

　　生活中，我們往往沒有單一且強大的任務，而是由小小的責任所構成。寂寞的人追逐愛情，好強的人追逐成功，平凡人物追逐小確幸，鴻鵠大志的人追求登頂。日常生活中，我們幾乎是以上的集合體，多半欽羨平凡，偶爾愛慕偉大，大部分的日子我們沒有強大且單一追逐的目標，要的不過是平衡穩定地過日子。解決工作、解決房租、解決與愛人的爭執、解決照顧家人與父母……太多繁雜瑣碎的待解難題充滿了我們的生活。

　　但在故事中，人物的前進方向是有主軸的，時常是更有焦點的。如同前面文章所述，故事人物的欲望是強大的，是甘冒大風險甚或危險也要前往目的地的。而人物為了欲望去採取的行動，在故事中我們稱之為 Major Action，也就是故事人物在外部的主要行動。

▎有了Major Action，故事才得以往前

　　電影《王者之聲》講述英國國王喬治六世口吃的故事。原是公爵的他有著尊榮不凡地位，卻深受口吃所苦，無法進行任何公開演說和稱頭地出現在公開的場合，這成為他內心的自卑

與遺憾。

　　他開始跟一位沒有執照、原本是失意演員的語言治療師進行治療，展開各種方式的魔鬼特訓。他們一個貴為皇室，一個是戲子平民，兩者間有巨大的身分地位鴻溝。男主角數度對其能力與治療方式質疑，卻漸漸依賴起他，從他的治療過程中順帶被治癒了童年與心靈的創傷。原來，他的口吃除了來自身體的疾病，還勾連到內心狀態。

　　於是，這一場治癒口吃的旅程，也成了面對創傷與恐懼的故事。他為了治療口吃所做的一切努力，便是他在這齣戲的 Major Action。

> 　　Major Action（主要事件）在電影故事中是非常重要的，可以看為角色外在必須要達成的任務，這就是前述的「外在目標」。這個任務是外顯的、成敗是相對客觀的、是需要付出實際的行動去達標、是角色為此努力以赴的！因為有這個 Major Action，一個故事得以往前，我們清楚主角要前往何方，這是一個角色將從頭到尾貫徹行動的一個推力。

　　在《金法尤物》中，女主角為了挽回前任努力考上哈佛，並在哈佛法律系成為最優秀的那個人，於是考上哈佛和變優秀成為這齣戲的 Major Action；《寄生上流》的 Major Action 則是一家四口想要以瞞騙的方式混入上流之家；《王牌冤家》的 Major Action 是要消除記憶；《小太陽的願望》的 Major Action

是一家人要去參加小女兒的選美比賽；《全面啟動》的 Major Action 是要出任務去植入思想……

有外在行動，也要有內心活動

本書所有的電影都有外在推動的 Major Action，一個帶主角前進的外部事件，因此角色才不會流於自說自話或到處亂晃。有些劇本中的人物都在逛街、看海、談天說地，這類的劇本會被稱為「沒有故事」，大部分的原因便在於編劇沒有找到那個「主要事件」，導致角色像個幽魂在故事中晃過來蕩過去。如前所述，我們的尋常人生是沒有主要事件的，就是吃飯、上班工作、下班閒晃聊天，但這樣的生活是沒有故事的，戲劇亦然。

《王者之聲》中男主角的行動都鎖定在治療口吃這個外部目標，直到故事中段之後，原本繼承王位的哥哥因為個人婚姻情感問題而火速退位，使得主角必須要繼承王位。這本該是令人欣喜的權力巔峰，他卻因為口吃而恐懼猶疑，直到他意識到國際局勢混亂，希特勒崛起，知道登基成為他不可推諉的責任。故事後半的 Major Action 從單單治癒疾病，成為了完成登位後的開戰演說。

而一部戲「外在行動」的背後，也要有「內心活動」，兩者的根源都是角色的欲望，若是角色沒有欲望，內在將沒有旅程。若是角色沒有欲望，外在則不會有目標。

《王者之聲》的外部行動是治療口吃，在背後賦予一個主

角的創傷，便是要找到與外部行動互相呼應的內心戲。**每一個外部的行動、任務、目標下，都有一條與之緊密相扣的內在旅程，兩者缺一不可。**

我們看看若本片只有外部行動而少了內心戲會變成怎樣？主角將與治療師進行各種物理性質的療程，他們抖動面部肌肉、跳躍放鬆全身肢體、發出各種奇怪的聲音、練習繞口令、反覆背誦台詞，透過這些物理性的治療，或許也能克服難關。但若沒有內在情感的難關要克服，本片充其量就是一部講述治療口吃的醫療科普節目，就算最後登位後要發表一段演說，那準備的過程充其量也只不過是一個國王準備講稿與練習表達的職人劇。

但若只有內心戲而沒有外在行動會怎樣？下場同樣尷尬。我們要如何去描繪主角的童年創傷與內在心魔？若只能藉由主角不斷地聊天，或無止盡的自說自話，這齣戲將變成他的內在辯證，而沒有故事。所以，編劇很聰明地設計了外部事件「治療口吃與登基演說」讓故事流動與推進，讓主角在達成目標的衝突與障礙中去處理內在的混亂，再於最後完成了那一場演說，來證明他已經勇敢克服創傷。

｜內心戲才是令靈魂震撼的關鍵

本片不寫宏大的戰事細節與描繪太多國際局勢，反從一名國王的口吃為切入點。在登基演說前的練習中，他演練講稿：「我們的國家陷入黑暗。民眾相信我是為了他們講話，我卻不

擅長講話。」自此，講話，是這齣戲的主題，同時是代表情節的外部事件和內心戲流動的場域。

即便他只能當一個口吃英雄，也必須當一個英雄。

故事末了，他進行了一場撼動人心的演說。許多好萊塢戲劇最後都有這一場演說，多半是以昇華後的高格局、激動人心的漂亮辭藻、高超的演說技巧來提升戲劇性、煽動觀眾情緒。但在本片，最後一段獨白不再只是在文字內容上將故事做個總結，其獨白本身就是一個戲劇行動，是主角在跨過殘疾與心魔的終極考驗。

外部行動只是一個故事的骨幹，內心戲才是帶來靈魂震撼的關鍵。所有片子若要避免成為單單一部電玩破關遊戲、各式各樣的職人介紹、各種操作過程的科普影片、抵達各種地點的旅遊美食頻道，那就必須要給主角內心戲，讓主角在完成任務的同時，也在內在旅程中產生改變。

乘著憂傷的翅膀飛翔
《腦筋急轉彎》二元對立的肉身化

　　如果能夠全然的喜樂，有誰會願意憂傷？如果我們能完全認同自己，是否還需要他人的肯定？如果能夠耽迷過往的幸福，是否還必須前往未知的未來？以上可以延伸出無數的答問，現實中，我們幾乎都在一組一組的對立中去衝撞選擇，在無數的兩極間擺盪、猶疑與確認。

　　《腦筋急轉彎》獲得 2016 年奧斯卡最佳原創劇本與最佳動畫，當年開獎前我就押注這片一定得劇本獎，果不其然，開獎結果代表我還是挺專業的。這故事極富創意的地方在於，它將我們大腦內部往往彼此抗衡折衝的「情緒」一個個給「擬人化」了！故事創造了好幾個角色，各自成為了價值與情緒本身的「肉身」。**當我們書寫人物內在情緒互相的折衝與天人交戰時，這些被肉身化的人，就具象化了我們內在的天人交戰。這是本劇本最精采的妙念。**

▍彼此對抗的價值體系

　　電影劇情圍繞主角小女孩萊莉腦中的五種擬人化情緒，分別是樂樂（Joy）、憂憂（Sadness）、怒怒（Anger）、厭厭

（Disgust）和驚驚（Fear），講述小女孩搬家後她的心理狀態與逃家危機。

真正的故事發生在小女孩的大腦。五種擬人化的情緒在萊莉的大腦總部中透過一個控制台影響她的行為，所有記憶則被儲藏在水晶球內，五種情緒各自都是一座島嶼。

小女孩因為父親的新工作搬家，對新環境的不習慣使她想念以前的家，陷入深深的沮喪。她內在的情緒憂憂，什麼都不會，就只會憂傷，讓她在班上哭了出來；另外一名情緒樂樂，也是什麼都不會，就只會喜樂。其餘三個情緒角色也全都是這種狀態。

樂樂是這齣戲的主角，她深信憂傷的情緒會對小女孩不好，想要把憂傷的記憶球給丟掉，與憂憂產生爭奪推擠，不小心在工作上出了包，讓小女孩大腦內部的五座島嶼功能停擺，兩人也被迫離開大腦總部，踏上修復島嶼工作的過程。

少了樂樂與憂憂的大腦，漸漸讓小女孩的狀態與行為失控，她在怒怒的驅使下憤怒地決意逃家，獨自前往以前的住處。至此，故事產生了一個危機，因為小女孩獨自前往遠方是相當危險的，腦內代表五種情緒的五個人，必須要阻止她的危險行徑，讓她回心轉意回到家中。但在大腦總部的三人毫無建樹，只得靠流浪在外的樂樂與憂憂了。

樂樂與憂憂，在故事中產生了一組互為反面的對立關係，這種對立在故事中是很常見到的。**當我們在觀看電影時，可以去留意故事中是哪兩個價值體系在彼此對抗，並從中找到戲劇的主旨。**

> 每個故事都有自己基本的價值體系，當中有作者想要告訴大家的事情，此稱為故事的「前提」，即作者希望透過故事來證明出更好的選擇與方向。

主角多半背負著某種人生觀與價值系統前進，如果作者想要支持此價值，就讓主角成功；若是否定這種價值，就讓主角落敗。《鐵達尼號》中相信愛能跨越階級，於是男主角李奧納多獲得了真愛；《斷背山》不相信愛能跨越社會框架界定的道德藩籬，就讓苦戀的愛人相愛未果，直到死亡。

｜二元對立，辯證主題價值的手段

人物是背著一個概念與價值往前走的，其成功與否，代表了作者的立場。

當我們要闡揚一個價值，就必須要有一個與之對抗的反面。此時，就產生了二元對立，**這是一個極佳用故事來進行主題論證的手段。**或許有人會認為二元對立是將事情給簡化與扁平化，其實不然。二元對立的設定可以非常豐富細膩，只要在光譜上找到正確的兩端，結論也可以出人意表。

故事中所操作的二元對立可以是外部的，例如物質對抗精神，肉體對抗靈魂、貧窮對抗富裕；也可以是價值觀上的對抗，例如集體主義對抗個人主義、利己主義對抗利他主義；大部分的戲劇作品中，兩相對抗的會是價值觀、人生態度、品

格等等……在劇本《王牌冤家》中「忘記」對抗「記得」，《全面啟動》與《天外奇蹟》中「耽溺過去」對抗「放下並往前」；《金法尤物》中的「取悅他人」則對抗「找到自我認同」……

此時，就需要角色來承載那些價值，或是透過個人前後的選擇來扛起那些價值。在論說文中，價值的碰撞可以是透過文字的論述和邏輯來推演，但**在故事裡面，我們得跟著角色走，跟著角色迷惘，跟著角色尋覓與確認，並從他的行動與結局得證哪個價值更好。**

在《腦筋急轉彎》中產生了一組二元對立，即「喜樂對抗憂傷」究竟孰優孰劣？樂樂當然覺得她最好，認定就是憂憂的存在才害得主角哭泣。她倆眼見小女孩疏遠父母，偷了媽媽的信用卡準備搭上長途客運逃家，使得大腦中的誠實島也崩塌。大腦內在結構一片混亂，隻身上路的小女孩很可能會面臨人身危險。

此時，故事最動人的一刻產生。一直視憂憂為禍首的樂樂把憂憂給推走了，卻無意間發現原來好多喜樂的記憶都是發生在憂傷之後，似乎**憂傷是通往喜樂的必經之地，兩者根本只是在同一條路上的不同風景。**

樂樂知錯，去將憂憂找回。最後是在憂憂的操作下，小女孩因為憂傷的情緒而放棄逃家，安全回到了家中。

這齣戲由樂樂的視角出發，發現了憂傷這種情緒並非一無可取。它是生命中的必然，也是必須，它是雙面刃，可以刺傷自己，也能雕刻出一座生命中華美閃亮的冰雕。

正與反的對抗，答案往往是兩者之「合」

所謂的二元對抗並非要營造一個非黑即白的世界，絕非如此。**而是利用清楚的光譜上的兩端價值，來透過戲劇性的交流達到辯證。**並且用故事的結局來「證明」我們想講述的那個更好的價值。

在憂憂重新裝回核心記憶後，小女孩向父母表達了懷念以往的日子，獲得了父母的諒解，此時她大腦形成了一種嶄新的記憶球，混合著喜樂與憂傷的顏色，兩者交融，比什麼都鮮豔，比什麼都動人。

多美的二元辯證結論，喜樂與憂傷的辯證，作者給出的答案並非二擇一，而是二合一。**「正」與「反」對抗的問題，答案往往是兩者之「合」。**沒有一種情緒是不好的，每一種情緒都要被尊重，重點是你怎麼使用，如何善待並接納。

但，即便如此，這個故事以另外一種觀點來切入觀之，依然是很典型的二元對立，且作者也給出了清楚的價值選擇。作為一個人類的樂樂，她面對憂憂的態度是「貼標籤、論斷」，認為憂傷就是不好。後來當她隻身努力遇到困境時，才發現標籤貼錯，論斷是無知的，包容與理解後的力量是加倍地大。

以此觀點，**關乎人性的二元對立，是「包容理解」對抗「標籤論斷」**，前者很明顯是作者想要闡述並推廣的結論。

不要抗拒去寫二元對立，其實人生也總是**從兩種極端的持續折衝中，找到那個最好的答案，尋見自己最好的樣子。**

遺忘的路上悄悄想起了你

《王牌冤家》反面論證手法

　　《王牌冤家》是文青心中的曠世神片，是一部愛情療癒經典。其探討的愛情狀態涉及了命定與意志的神秘層次，也血淋淋書寫出愛情中怦然心動、耽溺愛戀、相愛到相害的分手療傷之旅。到了最心痛的時刻，角色不惜去忘情診所消滅一切的記憶，只為了讓自己遠離情傷，存活下來。

　　故事中，金凱瑞愛過凱特溫絲蕾，真心相愛後又深深傷害了彼此，痛徹心扉。一日，他發現前女友似乎完全不記得他了，無意間發現一張「忘情診所」的收據，原來前女友去了診所將他們的愛情回憶給刪除了。這讓他痛上加痛，除了分手之痛本身無法治癒外，他的回憶被前任刪除，簡直是二度傷害，是再一次被全面否定與拋棄。於是，金凱瑞做了一個決定，他也要把一切給忘了！

　　故事給了「遺忘」一個具象化的實體行動。他在忘情診所的安排下逐步回溯一段段愛情中的重要場景，體驗過後隨即銷毀。但在銷毀的回憶場景中，他也同時回想起那些淚水以外的回憶，像是梁靜茹在〈如果有一天〉中唱著：「如果有一天，我們再見面，時間會不會倒退一點。也許我們都忽略，互相傷害之外的感覺。」那一刻，金凱瑞後悔了，心中後悔：「不要

刪除啦！這些回憶我想留呀！」他想喊暫停，但忘情診所的人依然殘暴地進行記憶抹除，於是，他開始逃亡。

起初，是他自願跳進這場刪除遊戲的，現在，他要逃離這個他自願栽進的地方。

| 從相反方向，去達成作者想提倡的結論

《王牌冤家》劇本充滿靈氣與幽冥的巧思，但歸其本，劇本的結構與敘事邏輯是非常古典與扎實的，所探討的主題更是清楚明白。由上一篇講述的二元對立來分析，《王牌冤家》當中也有**兩種價值在彼此對抗──「記得」對抗「忘記」。**透過故事的發展，我們知道編劇是有非常清楚的價值選擇的，他在故事中呈現出他相信人們與其什麼都忘了，更應當把幸福與淚水都刻骨銘記。

但這條證明的路要從何出發？本篇要探討一個申述主題的方式──**反面論證。看故事是怎麼從相反的方向開始，去達到作者想要提倡的結論。**

每一個故事都有想要傳遞給觀眾的價值與情感，好的故事是能夠激起觀眾的情感與體悟的。**沒有讓人帶走任何體悟的故事，不會是什麼偉大的故事。**觀眾的體悟可以**同步於主角的體悟，這是典型的三幕劇結構；**觀眾的體悟也可以**得自於主角的執迷不悟，這是希臘悲劇的結構；**關於三幕劇與希臘悲劇結構，本書之後將會詳述。在較為商業主流的戲劇當中，觀眾的體悟會來自於主角的頓悟，我們藉由主角的懊悔與徹悟中同時

豁然開朗了，原來生命長這樣，愛情長這樣，成長是這樣。

　　一個想要申明的主題價值，放在散文或論文中是可以被直接論述的，但故事的特色是，這些想要闡明的價值必須要在故事中被「證明」，必須透過主角的「行動」與「行動所造成的結果」來呈現給觀眾。因為角色做了什麼，導致了什麼，又頓悟改變了什麼，於是證明了一個道理，闡明了一個主題。

　　這齣戲最大的題旨非常清楚明白，**面對愛恨交揉的過往，面對人生中注定彼此依附共存的痛苦與幸福，人們到底是該忘記或者記得？**作者的態度是清楚的。與其什麼都忘了，人們更寧願什麼都記得。會那麼遺憾，是因為幸福過；會哭得那麼傷心，是因為那些笑靨也都永恆了。那我們來看看，說故事的人要用什麼技法去證明自己想闡述的價值。

｜ 用盡全力去犯錯，再用盡全力去挽回

　　反面論證，先讓角色做與結論相反的行動。主角在一開始有個清楚的目標與企圖，然後努力去做。做著做著發現越來越不對勁，到了一個份上，發現自己從一開始就是錯的，於是開始挽回。故事的題旨，就這麼被證明出來了。

　　反面論證，就是用盡全力去犯錯，然後用盡全力去挽回。從錯誤的心態出發，再得出想要的結論。在《王牌冤家》裡，金凱瑞用盡全力去忘記，然後發現不想忘，然後用盡全力去記得。正因為他一開始是那麼（自以為）地痛恨這些回憶，在最後，他對回憶的珍愛才在不斷反思的進程中產生重量，並在全

盤皆毀、一切回憶盡成空時說出了那句經典台詞——

「It's going to be gone soon. Enjoy it.」

（就要什麼都沒有了，享受當下吧。）

　　反面論證就是倒推，從結論倒推到一開始的選擇。如果要讓一個主角頓悟到原來回憶多珍貴、記得有多好，那一開始就讓他是一個想把一切忘掉的人。**這種從反面出發的手法，可以應用在各種主題與故事。**

　　《斷背山》中，結論是同志愛情終究跨不過社會體制框架給人的桎梏，於是一開始就讓兩名主角願意跨越千山萬水跳進這場禁忌的愛；《愛情，不用翻譯》的結論是，還是會寂寞，就讓起初的兩人去彼此陪伴；《玩具總動員3》的結論是胡迪應該要好好說再見來告別，那就讓他一開始不願說再見、努力想留下；《淑女鳥》的結論是生命中最珍貴的，是那些陪伴身邊不起眼的家人與摯友，那一開始就讓女主角為了一個更酷的人生而捨棄了他們；《兔嘲男孩》的結論是小男孩掙脫了納粹思想而找到了人性的溫度，那一開始便讓他作為一名希特勒的鐵粉。

　　反面論證的人生基礎是犯錯與認錯，藉由此路不通來證明必須要走另外一條路徑；藉由幻滅來推翻自己的信仰，再重構一個更有智慧的理念；反面論證是先失落而後提升、先窒礙而後自由、先撞破頭才會耳聰目明、是先栽進了死局才看到活路。

恰如人生，我們都很少直通光明大道，往往先墜入了寒冷的暗，才在暗的反面找到了光與熱。在認清對的路之前，我們往往都先錯得離譜。在寫作與創作中，當我們要闡明一個結論時，往往都要先搜集各種相反的意見與證據，再於一切相反的論述中去殺出一條活路。**當窮盡一切的「反」都被推翻時，那意欲闡揚的「正」就因此更確立了。**

　　恰如《王牌冤家》，走在遺忘的路上，才發現好想好想你。

人生是一場接一場的翻身仗
《魔球》認同效果三階段：同情、同理、崇拜

　　有些人你在乎，有些人你根本無心過問。有些人你願意更新他們的動態，有些人你直接取消追蹤。**故事中的主角，必須是那些我們願意追蹤與跟隨的人**，因為唯有我們對他心動了、喜愛了、在乎了、認同了，他們的人生才會就此與我們有關了。

　　「認同效果」是觀眾看故事時最重要的情感機制。

　　我們必須對主角產生認同在先，才會願意跟著主角走下去。認同很大一部分的是喜歡，若我們根本不喜歡角色，那將根本不在乎主角遭受的一切挫敗與困頓，也不會為了主角的欲望與夢想來搖旗吶喊，更不會為了主角的安危失敗而擔心受怕。唯有我們先認同角色，才會獻上一切的祝福與牽掛。

　　舉經典宮鬥劇為例，為何《如懿傳》《甄嬛傳》可以讓我們追7、80集？為何後宮佳麗三千，我們唯獨在如懿與甄嬛遭受欺凌時會於心不忍，會希望她們成功？那便是作者施下的魔法，讓我們在眾多角色中認同喜歡了她們在先，接下來自然希望她們能過上順遂的人生。本篇便是要解析建構觀眾認同角色的神奇魔法。

建構觀眾認同角色的神奇魔法

《魔球》中的男主角布萊德彼特是戰績淒慘的運動家隊球探，這一年若球隊戰績不佳他就必須捲鋪蓋走路。為了球隊獲得佳績，為了成為令女兒引以為傲的父親，他冒險引進新的棒球思維，用數學與統計原理來組建球隊。

男主角被設定為曾是一個備受矚目的閃耀新秀，無奈表現不如預期，從天堂跌落谷底，早早退役。他熱愛棒球，轉而成為球探，去挖掘那些曾像他一樣是備受矚目如今卻失勢的球員。但在職場上他也被輕視，老屁股們對他想引進的數據派棒球經營嗤之以鼻。在遺憾的過去、未竟的夢想、職場的掙扎、失業的恐懼等諸多弱勢下，我們已**對他報以「同情」，本能地希望他能夠再好一點，因為我們都曾遭遇過以上這些軟弱。**

在「同情」過後，男主角成為了我們願意祝福的人。他用先進的觀念經營球隊並抵抗守舊派老頑固們的質疑。同情在先，對於他想要讓球隊獲得佳績的大膽嘗試，我們完全「同理」了。我們與主角處在相同高度，完全理解他為了谷底翻身必須大膽搏一把。

故事中段以後，運動家隊拿下 20 連勝，球隊氣勢扶搖直上，他所交易來的球員更在關鍵時刻打出激勵人心的致勝全壘打。他成功了，即便最後仍與總冠軍失之交臂，但他成了頂級球隊的經理人了！這份巨大成功，讓男主角處於比觀眾更高的位子，畢竟我們多半沒有這種頂尖的成績，於是從一開始「同情」這條落水狗，到「同理」他所做的一切努力，到最後我們

「崇拜」他苦盡甘來的甜美果實。

我們就是先認同了布萊德彼特，才會在乎他有沒有東山再起。同樣地，在愛情片如《愛在日落巴黎時》《斷背山》，我們先認同了主角，才會衷心期待他們得以順利相愛；在復仇片《花漾女子》，我們先認同了主角，所以可以與她同仇敵愾，跟著她華麗又暴力地復仇；在《辣妹過招》中，我們先認同了主角，所以希望她在校園美少女鬥爭中脫穎而出……因為認同主角，我們希望角色們可以擊敗反派、獲得冠軍、不再寂寞、找到真相、療癒傷心、成功回家、與愛人和解，甚至幹上壞勾當……

▍認同角色的三個階段：同情、同理、崇拜

要建構認同效果是有撇步的，最常聽到的就是「救貓咪」，此手法最為普遍且已有專書《先讓英雄救貓咪》來探討，在此不再贅述。本文將探討另外一個認同效果的操作，並闡述英雄故事的書寫中，**觀眾認同角色的三個階段**。這三個階段分別是在前述《魔球》故事時標記出的幾個關鍵字：**同情、同理、崇拜**。

我們**先讓主角一開始處於弱勢，根據人類的天性，我們會報以「同情」**，這裡的弱勢可以是傷心、被不公平惡待、內在創傷、被體制權勢者壓迫……，基於同情，我們會站在弱勢者一方，希望他們順遂起來；**當角色們在弱勢之下順其欲望而產生行動時，我們能夠「同理」他們的作為**。此時的心理機

制是，如果我也遭受他的處境，我一定也會想這樣做！在「同理」的過程中，我們已不知不覺與主角站在一起；在英雄故事的書寫中，**主角最後會做出超凡入聖的舉動，此時，我們對主角產生了「崇拜」之情。**

在同情階段，觀眾是高於角色的。我們從主角的困境、缺陷、傷痛中產生了憐惜之情，本能地希望他們變好。

在同理階段，觀眾和角色處於相同高度。我們發現他和我們是一樣的人，我們得以理解他們為欲望所做的一切行徑，即便可能有點荒謬或極端。

在崇拜階段，變成角色高於觀眾了。主角做到了一般人做不到的事情，成為了英雄。我們一開始俯瞰主角，此時變成仰望他們。常見的角色超凡入聖的行徑有如捨身取義、為愛犧牲、付上代價到達頂尖、擊敗心魔、東山再起、拒絕誘惑……

│ 真正令人崇敬，還必須有內在的昇華

《魔球》這則東山再起的故事便完整地運用了「同情、同理、崇拜」的三個階段，且其建構觀眾對主角的崇拜則不僅在於他帶領球隊獲得佳績。**在一個有深度的故事中，主角的成功本身並不完整構成被崇拜的理由，還必須要有更高精神層面的洞見。** 故事最後，紅襪隊以驚人天價 1250 萬美金想挖角男主角，但男主角短暫沉思後瀟灑拒絕。他真正熱愛的是棒球，而非棒球帶來的財富，他想帶一支弱隊奪冠，改變歷史，更甚於加入一支高薪禮聘他的名門球隊。

我們看出他的道義與對棒球深深的愛，此時，他的行為才真的超乎常人，成為令人崇拜的英雄。

這條故事線走法，幾乎如出一轍地出現在《金法尤物》一片中。

《金法尤物》中，女主角一開始就被男友甩了，理由竟然是她不夠優秀。在此階段，觀眾已經同情了女主角，對她被甩的方式更是於心不忍。

為了挽回夠渣的前男友，女主角展開了考上哈佛大作戰。即便手段極度浮誇，對方又根本是渣男，但我們「同理」她所做的一切奇異行徑，因為我們都曾為愛受傷，都曾動念挽回，都曾為了跨越傷心而不顧一切。

最後，是崇拜階段。女主角從一個看似無腦的辣妹，到努力求學，遭遇職場上的性別歧視與偏見，最終打贏了一場重要官司。如同《魔球》，《金法尤物》的女主角也藉由事業的成功來成為了英雄。但亦如同《魔球》，外在的成功是不夠的，真正令人崇敬還必須要有內在的昇華。

女主角心心念念想挽回的前男友來挽回她，此時她果斷拒絕前任的挽回，這種瀟灑、看透、釋然與尊榮，才是最後真正讓人崇拜的英雄行徑。

認同效果，是故事中最重要的機制。透過同情、同理、崇拜的三個階段，作者能夠引導觀眾走入主角內心，讓我們跟著主角一同失落、難過、勇敢與狂喜，到最後由衷地為主角感到開心，從俯瞰轉為仰望，讚嘆他們一聲英雄。

我和我最後的倔強
《意外》衝突與反派

衝突，是戲劇的根本，戲劇少了衝突就如音樂少了旋律。

我們鮮少打開新聞看好人好事代表，low 則看網紅吵架、看政治人物互鬥，胸懷世界則去關注國際間的剝削與戰爭、看人類文明對地球環境造成的殘害……無論大事小事，那些抓住我們眼球的，都富含各種形式的衝突。

故事中，**衝突因應角色欲望而生**，當角色有了欲望並朝目標挺進時，路上必須遭受阻礙，切勿順風順水。**角色的欲望、遇到的險阻、他對險阻所做出的回應，三者輪番交織，讓情勢一發不可收拾並且越演越烈，這就是戲劇進行的基本道理。**一個故事總不放棄任何營造衝突的機會，同時更要設計出有意義的衝突。

若是角色動輒相談甚歡，心中滿是愛與和平，外在總是天下太平，則很容易被詬病為「沒有故事」或「沒有戲」。這種天下共融的祥和世界可以是故事結局的樣貌，但這份平靜必須是角色付上衝突代價所掙來的。**角色在遂行欲望時必須飽受折磨，好的戲劇永遠不會讓人簡單天真地心想事成。**

角色在遂行欲望時必須飽受折磨

　　《意外》入圍第 90 屆奧斯卡的最佳原著劇本，最終敗給《逃出絕命鎮》，當年我為此氣憤許久。《意外》的劇本是神作中的神作，強到沒對手。每個角色都複雜可信，同時承載人性的偏狹與光輝，情節聰明縝密，偶然而生的優美台詞帶出詩意的美感。整部戲沉浸在一股濃郁的憂傷、悲憤、遺憾懊悔中，漸漸堆疊出越加爆裂的情節，裡面的人都傷心，裡面的人都勇敢，裡面的人都憤怒，裡面的人都在衝突中漸漸抓狂了。

　　故事絲毫不拖泥帶水，其引爆點在開場三分鐘就點燃，一個失去女兒的傷心母親為了抗議小鎮警方遲遲無法破案，花錢在路邊買下了三個巨大鮮紅的廣告看板，以不留情面和充滿爭議的方式去控訴警方的無能。因為女兒被姦殺卻始終討不回公道的憤怒母親，原本具有道德的制高點，但她對警方的恨意凌駕她對正義的追求，使她不斷讓警方難堪，讓癌末的老警長不堪壓力而自盡；也逼得有種族歧視和滿口渾話的小警察開始挾怨報復，釀成連鎖反應，讓恨與憤怒的種子擴大為星火燎原。

　　一開始，母親掛上了廣告看板，警方率先採取的是最初階的反制行動──當面勸說。在實施未果後，警方找牧師去勸說，老警長以自身罹癌來情感勒索。這些漸漸升級的行動都達不成目標後，角色們採取的行動只好更激烈。老警察厭世自殺，年輕警察再也按捺不住怒火，憤而把人打到傷殘住院，最後甚至直接放一把熊熊烈火將看板給燒了。

　　以母親的視角出發，她也得不到警方給的破案承諾，當她

面臨警方給的阻撓不斷升級後,她採取的行動也越來越激烈,在看板被收掉後,她扔了一顆炸彈把警局給炸了!

欲望要夠強,衝突要夠大

　　無論是母親或警方,他們都先採取比較平和的措施,直到衝突的力道逐漸增強,他們才逐步從正常走向瘋狂。他們的行動與情緒都是漸漸升級的,並非一蹴即達。**當我們看故事人物或反觀自己曾瀕臨瘋狂的時刻,一路上有兩個條件——欲望夠強,衝突夠大。**

　　角色欲望所形成的外在主要目標,便是本書前面提及的Major Action。人在主要行動中,必須逐步完成一個一個階段性步驟。根據人性,人都會以成本最低、最基礎的方法去達到目標並預期命中,但當障礙導致行動的失落後,人會採取較進階的手段,此時若障礙也因應升級,使得人再次失落,那人就只能被迫採取更激烈的手段。因此,故事的行進全賴於角色欲望與障礙間的衝突升級,格式如下:

　　行動→衝突障礙→失落→更強行動→更大衝突障礙→更大失落→越發強大的行動……

　　角色便在始終達不到預期目標的失落下逐步走向極端。這有兩個前提,一、角色的欲望必須要夠強大,絕不善罷甘休,因為一旦放棄,故事就結束了;二、反派提供的障礙也要夠

大，也不能善罷甘休，因為一旦障礙太過簡單，主角便成功，
那故事也就結束了。

《意外》成功地運用了衝突的升級讓情況走向極端。

｜人生的路上，我們都是彼此的反派

講到衝突，則不得不提到「反派」（Antagonist）。

主角實踐欲望的態度是積極的，同時，**提供障礙衝突的那
股力量也必須是積極的，因應而生的就是戲劇中的「反派」，
更精確地說，是「反面人物」**。俗稱的「反派」兩字容易讓人
誤會為狹義的「壞人」，在某些類型如英雄動作片中，反派確
實是壞人。但**提供主角抗衡力量的對立人物，可能僅是目標與
立場上的對立面，並不是非白即黑的壞人**。例如，在愛情電影
中，若男主角想要追求女主角，女主角拒絕追求，那女方就是
男方在愛情道路上的對立面，但不會被理解為壞人。

**反派必須要是一個角色，因為反派本身必須要有「意
志」**，當主角使用的手段更強大的時候，這個反派可以有意志
地施以更強大的阻力！換句話說，你越想要，我就越不給你；
你越激烈，我就比你更偏激。所以說諸如龍捲風、大海嘯、地
震等天災本身不能當作反派，因為龍捲風不會看你想要逃跑
了，就自行決定再捲大一點！在災難片中，總會有一個角色在
混亂中作為阻撓好人的反派。

同樣的，一個體制或價值系統本身不能做反派。當主角要
對抗某個體制或價值系統時，我們必須給體制與價值系統一個

「代理人」，讓那個人成為故事中的反派人物。假設一名同志要對抗反同勢力，就必須給反同勢力一個代理人，在故事中可能就是護家盟的領導者。在《意外》中，母親要對抗警政體系和司法系統，那警政體系與司法系統的代理人就是兩名警長。

> 當人有意志地追求，對手必須有意志地阻擋，這樣的衝突才有意義。雙方的抗衡，也正是兩種價值體系的對抗辯證。

　　《意外》以母親的視角出發，所以兩名警察名正言順成為反派。但若換個視角，母親同時也是警方的反派。他們彼此對立，被害者家屬與警界兩方各執立場，互為反面人物。憤怒的小火種失控延燒成燎原大火。他們都瘋了，搞到遍體鱗傷。

　　隨著劇情推展，善惡的疆界越來越模糊，憤怒母親為了遂行己意，以伸張正義為名而無限上綱時，我們已無法輕易界定孰是孰非。無論母親或年輕刑警，在癲狂過後，他們絲毫沒有得到預期的平靜滿足，反而更失落，更寂寞，成為了不折不扣的混帳。但，當母親看著宛如夢境的小鹿而思念地呢喃、當她看著往生女兒的房間而憂傷痛悔時，我們又怎能不同情這個混帳呢？

　　《意外》中書寫的人物在對抗與失落、激情與懺悔中，模糊了黑白的疆界，映照出靈魂的複雜幽微。**人生的路上，我們都是彼此的反派。是那些衝突喚醒了我們心底的潛能與野獸，是那些無所不用其極要阻撓我們的力量，讓我們舉起拳頭迎擊，成為一個我們想都沒想過會成為的那種人。**

我親愛的偏執狂
《進擊的鼓手》精采的角色都是偏執狂

　　你有病嗎？你當過瘋子嗎？

　　你為了目標會不擇手段，為了禁忌的愛願意拋下全世界嗎？為了成為世界冠軍，你願意遍體鱗傷搞到眾叛親離嗎？我們當然不希望有病，為了生活不至總深陷波瀾也願意保持中庸，但細思生命中最重要的幾段轉折，無論是在人生規畫、生命抉擇、愛戀關係、重大使命中，在那些迸出火光並留下深刻改變的旅程中，我們肯定都當過幾次偏執狂。

　　戲劇作品中，好的角色都是偏執狂。他們擁有強健的意志，為了所欲所求什麼都會做，唯獨不會善罷甘休。偏執之事可以是偉大的目標，也可以是平凡的習慣或小事，他們注定會偏執地成為走火入魔的瘋子。

　　愛，就愛得轟烈；恨，就恨得徹底；夢，就夢到瘋魔；喪，就喪到谷底。

┃兩個對立的偏執狂

　　《進擊的鼓手》僅花 19 天拍攝便入圍各大獎項，在第 87 屆的奧斯卡獎入圍包括最佳改編劇本等五項大獎。拍攝期極

短，故事簡單，場景空間不多，可謂單就劇本和表演便獲得佳績。其簡單純粹的劇本到底施了什麼魔力，讓它成為如此精采的一部電影，甚至入圍百大劇本？

瘋子，著魔的角色。

故事的運作機制很簡單，作者創造了兩個偏執狂，一名音樂學院的鼓手和一名魔鬼老師，他們目標堅定但互相針對。導師有虐人傾向，總克制不住衝動想凌虐對方，搞死學生；學生有成功壯志想要征服老師，獲得認可，為此，他犧牲了和睦的家庭、搞丟了女友、窮到除了鼓棒什麼都沒有……往壞的方向說，他迷失了，看不到其他風景；往正向來講，他為了夢想願意丟下一切，其意志令人敬佩。

要寫主角的夢想有多強大，就給他一個意志更強的反派。

好的反派有個特色，當主角提供堅定的衝撞，反派會回以更大的反擊。如果主角為了欲望變成了瘋子，反派也要因應情勢變成狂魔。

故事中，魔鬼導師手段激烈，動輒暴怒動粗和以語言暴力撕毀同學的自尊，甚至從中得到病態的樂趣。他挑剔、貶損、嘲諷，永不滿足，把人逼到精神崩潰，許多同學熬不過精神煎熬被逼哭或離開教室。唯獨男主角，反從導師不合人道、越過道德界線的執教手腕確認志向，只要搞定全世界最變態的導師，就能成為偉大的鼓手！

《進擊的鼓手》的路線就鎖在主角的衝撞、老師的反擊、更大的衝撞，更大的反擊、更暴烈的衝撞、無以復加的反擊……

急遽增長的瘋狂行徑加深了角色的魅力，讓我們為他們的瘋狂而瘋狂，為他們的不顧一切而揪住了心。**兩個對立的偏執狂放在一起，你就能看到狂轟亂炸，血流成河。**

　　莎士比亞的諸多悲劇都直接以角色名字為劇名，這些**名留青史的角色都以自身偏執與強大欲望來驅動故事情節。**

　　《奧賽羅》中的國王嫉妒心強大，其偏執的占有欲導致自毀也害死了愛人；《馬克白》嗜權力，先是謀殺國王，擔心失勢又刺殺有威脅性的人，為了鞏固權位而不得不繼續行凶，對權力的偏執導致國家覆滅；《羅密歐與茱麗葉》中的兩位戀人對愛情的偏執大到世仇身世都無法制止他們，願意為了愛一場而飲毒，無奈陰錯陽差天人永隔。

名留青史的漂亮角色，幾乎都是進擊的瘋子

　　不要誤會，倒不是說角色就一定要行動爆裂，張牙舞爪，或被塑造成妙趣橫生，舌燦蓮花。我們當然可以寫一個無聊的人，但也要把他堅持無聊的個性寫成一種偏執，**無聊到極致自有一種神奇的妙趣**；我們也可以寫一個消極的角色，但我們就讓他偏執且積極地去逃避任何責任，**一旦對逃避夠偏執，也能是個精采的消極人物**；更不是說角色一定要愛慾濃烈，但若我們要寫一個寂寞疏離的角色，就讓他偏執地拒絕一切的親密關係，**當拒絕親密到了極致，也是一個積極主動的疏離分子。**

　　《意外》描繪的是偏執狂。一個執意要復仇的母親，對抗一個執意要捍衛警方威嚴的刑警，兩個對立的偏執狂攪和在一

塊兒交手撞擊，雙方的對立節節攀高，直到把看板給燒了，把房子給炸了。

另外一部電影《頂尖對決》的走法亦同，也是建立在兩名偏執狂的極端對決，兩方魔術師為了碾壓對方成為最強的唯一，無所不用其極地去竊取機密、鬥垮對方，甚至為此奉獻出自己的愛人、拿自己的肉體與性命來換……

第一種走法，即便角色是偏執狂，最後的心靈也會昇華到另外一種狀態。《意外》裡，復仇母親與痞子警察到最後都在自身偏執的行徑下悵然若失，發現無法得到想要的平靜。他們在最後都沉靜了下來，靜靜反思有沒有更好的作法，也都承認起自身局限，願意修改看待正義的眼光。《意外》中，角色在偏執之下轉往自省與改變。

第二種走法，如《頂尖對決》，兩邊魔術師都誓死不屈，一路瘋魔到人生盡頭。一個被判死刑，一個郎噹入獄，絲毫沒有轉圜餘地，他們堅不徹悟，就真的對抗到非死即傷，同歸於盡。

《進擊的鼓手》劇本的絕妙之處，便在於找到了兩者神奇的融合，他們始終一意孤行地彼此折磨扞格，卻又在最後達到一種詭譎的惺惺相惜。我認為就是這份詭譎，讓該劇本成為偉大之作。

學生在一次表演途中發生交通車爆胎意外，租車趕到現場發現沒帶鼓棒。他不甘被撤換而飆車回家拿鼓棒，回程時心神不寧外加開快車而車禍翻覆，全身掛彩流血。即便如此，他仍搖搖晃晃準備上台，卻依然被魔鬼導師喝斥，他已傾生命之全

力仍無法獲得老師歡心，一怒之下與老師扭打，被音樂學院開除，夢想和偉大之路被迫中止。

故事後半，魔鬼導師也淪落到成為地下小爵士樂團的指揮，巧遇這名天才學生，兩人在小爵士樂團進行一場地方小演出，殊不知導師對兩人之前的過節還懷恨在心，偷偷在演出上換掉學生的鼓譜只為了讓他當眾出糗。這行徑偏執又偏狹、卑鄙又卑劣，卻壞到讓觀眾莞爾一笑。偏執成這樣，未免也太可愛了！

該劇本的高光時刻出現了，學生被老師惡整，求勝欲望被燃起，他即興出擊，不管其他的樂手，自溺專注地打一場令人暈頭炫目的華麗個人秀，他越打越瘋，陷入自己世界，宛如這輩子的夢想就匯於此時此刻，只要打好這一場便不枉此生。他努力了這麼久，不過是想得到魔鬼病態導師一個讚賞的微笑。

直到這一刻，老師他笑了。故事就此結束，戛然而止，收束於愛恨交織、既詭譎又曖昧的魔幻時刻。

他們的偏執很純粹，他們的瘋魔很華麗。所有名留青史的漂亮角色，不見得都是進擊的鼓手，但幾乎都是進擊的瘋子。

你的選擇洩露你的心
《竊聽風暴》角色人格是由其選擇所定義

　　如何刻畫一個人？人格究竟由何組成？當我們在生活中去介紹一個人時，往往會用上許多形容詞去描述，例如，他是一個天真樂觀的人，他是一個懷憂喪志的人，他是一個勢利小人……但這些描述性形容詞的源頭與根據到底是什麼？或許，我們可以從故事理論中去找尋線索。

　　在故事中，故事是由一連串角色的行動構成，而不是用任何形容詞來堆砌出一個人的個性與人格。**無論是在劇本或真實人生，一個人真正的質地不在於他如何自陳，乃是透過人一連串的「選擇」來證明。人的選擇洩露了他的心。**

　　性格，不是語言描述，乃是行動；人的價值觀，不在於他怎麼說，而在於他每一次的選擇；**靈魂，就是一個人選擇的總和；**你做了哪些選擇，證明了你是誰，其他一切的介紹、論述、形容詞、華美詞藻都是假的。

｜我是誰？

　　《竊聽風暴》獲得第 79 屆奧斯卡的最佳外語片獎，講述1984 年東德的國家安全局一名秘密警察的故事。男主角負責監

聽一名男劇作家與知名女演員這對愛侶的日常生活，監控他們是否有反叛思想與行動。監聽過程中，男主角逐漸被他們真摯的情感生活所牽引，同情起他們的遭遇，暗中伸出援手，屢屢讓他們遠離安全局埋下的險惡。本片描繪了東德國家情報局的陰森殘酷，整部片瀰漫著冰冷不安的氛圍。社會中的人們，尤其是為理想發聲的藝術家，都籠罩在極大的精神壓力下。

劇作家偷渡來一台打字機，在思想審查下匿名發表了指控政府罪行的文章，這踩到國家安全局的底線，他們立刻著手調查誰是幕後黑手。同時，部長覬覦女演員的美色，性侵了她，更要利用她演員的身分來打探出文章的作者。

這些靈魂豐沛的藝術家們必須在暗中用藝術來抵抗威權，在面臨極度充滿張力的壓力下，他們被逼到了牆角，也逐漸被迫去面對一個舉凡**在故事與人生中都迫切需要尋找的一個議題——我是誰**。

關於「我是誰」這一題，關乎你要什麼？打算用什麼方式來達到目的？願意犧牲到什麼程度？這些也是故事角色要做出的人生抉擇。在尋常中庸的情境下，人都以最表淺的面目待人，個體間差異不會太大，我們也並不容易看出一個人的深層人格與獨特性，因為大家做出的決定可能都大同小異。**戲劇是人生的凝鍊，是把最精華與深層的那一面挖出來展示**，要在有限的篇幅內讓角色做出攸關重大的選擇，這是有技巧的。

故事會給角色一個「高壓的情境」和「困難的選擇」，**人在「極端情境」下所做出的決定更能顯出他的獨特性**。極端的情境帶來極端的行動，在極端中，細小會被放大，真實也會被

放大，人便再也難以掩藏矯飾，一切內在真正的狀態將無所遁形。**要讓一個角色的輪廓更明確，就把外在環境與精神壓力推到極致，看看他會怎麼做。**

▎更有層次與立體的角色

在太平盛世，對人出手相救是一回事；但在資源稀缺，甚至連自給自足都困難的時候，對人出手相救又是另外一回事；在《辛德勒名單》此等動輒連命都沒有的恐怖情境下，對人出手相救，就是個截然不同的概念了。

回到《竊聽風暴》，作為女演員的女主角正面臨著政府給她的威嚇，要她抖出叛變者的名單。以下，我們從劇中女演員如何面臨三種級別的壓力與威嚇、與她如何在更高壓的張力下做出的不同決定，來呈現出一個有層次與立體的角色。

第一次，女演員被性侵，面對權勢的她備感無力，深怕自己表演的舞台將因惹怒部長而被剝奪，幾乎決定繼續獻身。但情人的愛挽回融化了她，監聽者男主角亦出言制止，讓她相信即便在極權國家，人們也不必為了藝術弄髒自己。她確實為此天人交戰，但她做了一個決定，拒絕部長邀約，守住尊嚴和與情人間的互信。

部長氣急敗壞，挾怨報復，決意施加更大的壓力給她。

第二次，國家安全局無預警地將她抓了起來，表示她得罪了政府高層，將被禁止演出，剝奪她最愛的舞台。她能繼續上台的唯一機會，便是告訴他們究竟是誰匿名發表反動文章，

並提供打字機的藏匿地點以利蒐證。女演員面臨比第一次更大的張力與衝突，再次天人交戰，她要抖出愛人換取演出機會？還是為了愛、尊嚴、自由而捨棄心愛的舞台與明星光環？這一次，她再次做了選擇，沒有透露打字機的藏匿點，導致秘密警察找不到關鍵證據而無法抓人。

面對更大的壓力與衝擊，她所展現的是更甚第一次的高貴情操。

第三次，她面臨到最極端的情境。國家安全局此時已確定劇作家就是反動文章的作者，但苦於找不到打字機，就缺這臨門一腳的證據。這一次，秘密警察將她拘禁在囚室，將她送進冰冷可怖的審訊室中審問。她此時面對的張力已經從單單被剝奪舞台，上升到被剝奪人身安全，甚至遭受肉體傷害的恐懼之中。已經數次證明自己堅毅勇敢的她，這一次沒有頂住壓力而屈從了。她在威脅利誘下，透露了打字機的藏匿位置，出賣了戰友與情人。

｜靈魂，就是一個人選擇的總和

《竊聽風暴》編排了三個等級的張力來給予女主角三次選擇的機會，在張力與壓力升級前，她呈現的是勇敢與尊貴的性格；但當張力與壓力拉拔到極致時，她原來還是個恐懼懦弱的人。這裡的懦弱毫無貶義，反倒是表達她在不同張力下呈現出更立體、更複雜的真實人性。她畢竟選擇過尊嚴與道義，可悲的是到底無法跟國家機器抗衡。

要呈現角色的不同層次，就給他們不同等級的張力衝突。而我們又要如何從生活或新聞中去挖掘到不平凡並值得書寫的角色？去觀察是誰在高壓或極端情境下能夠做出不同於一般人的選擇，他便有機會成為一個精采動人的角色。

《竊聽風暴》中的男主角，一名監聽者，原本是有機會升遷的政府打手，在本劇中則作為一個抵擋國家威嚇利誘的英雄。置身於冷冰冰的監聽機械中，他從這對情人的語言與行動中感受到了愛與自由，起先他是嫉妒的，但漸漸認同、感動，乃至包庇與伸出援手。即便他被高層警告不得怠忽職守，但依然選擇守護這對愛人而賠上一輩子的特工生涯，在餘生中孤獨地當一名拆信員。

語言可以口是心非，眼神可以曖昧閃爍，但**一個人的選擇總不小心洩露了他的心，告訴我們他是誰**。人便是在一次又一次的選擇中形塑了自己，決定了命運。

展開翅膀，垂直墜落
《鳥人》反英雄與負面主角

　　我們常常稱主角為英雄，指稱身處任何生命困境中正視且面對性格缺陷，並為了欲望目標來跨越險阻的人們。即使人格不完美，過程不順利，但在勇氣與意志下能夠成長昇華的人，都是英雄。

　　英雄是大眾欲望的投射，是完美形象的實踐者，時常被塑造成一個典範。編劇為了塑造一個能讓觀眾「認同」的角色，多半給主角某種高貴、討喜、無私、魅力煥發的特質，更給一個能讓觀眾同情與同理的設定，讓我們願意為主角搖旗吶喊、擔憂受怕、獻上祝福；為了擔起推動劇情的功用，主角也都**積極正向、活力充沛，能夠跟隨內心勇往直前**。

　　請別誤會，**英雄絕對不是完美之人，給予主角性格上的缺陷弱點是非常重要的**。以上要表達的有兩點。第一，主角即便再多缺陷都還是要能夠被觀眾認同，必須讓觀眾願意跟著走；第二，英雄正是有缺陷弱點，並能夠克服缺陷弱點而成長蛻變的那個人。

　　希臘神話、超級英雄電影中的主角當然是英雄，而「當代英雄」則可以是任何平凡的小人物。為愛情不畏傷心的，是英雄；對抗憂鬱而努力活著的，是英雄；為了夢想刻苦熱血的、

為了家庭犧牲奉獻的、為了情慾天人交戰的、墮落之後迷途知返的、為理想十年磨一劍的，他們都是英雄。

我們希望主角在受苦受難後蛻變，讓我們相信善者必有好報，相信人定勝天。那些偏狹的、討人厭的、可惡的角色，多半是作為反派人物，即主角的對立面。

但有時候，這些反派人物會成為故事中的主角，我們稱為**負面主角**，時常是反英雄。**反英雄可以是道德上的敗壞，有時是頹廢墮落、與人疏離，有時則是消極無為、高傲自大、目中無人。**

負面角色最大的問題與難度是，觀眾難以認同他們，又要怎麼跟著他們走？許多負面主角，即便不討喜，多少還是有點特質來擄獲觀眾的心。《安眠書屋》中的主角帶有斯文敗類的邪氣魅力；《絕命毒師》無惡不作的主角有著令人欽羨的天才與意志。

反英雄的操作，贖罪或直線殞落

《鳥人》中的男主角是徹頭徹尾的負面主角與反英雄，甚至連一絲讓人尊重與愛慕的魅力都沒有。故事中，主角在幾十年前演過英雄片《鳥人》而風光一時，不料從那之後一事無成地邁入中年，滿滿的自怨自艾。如今，這位中年魯蛇想要製作和表演一齣舞台劇來東山再起。

「東山再起」是個迷人的故事原型。一來我們容易同情弱勢者；二來我們都曾頹喪失意；再來重返榮耀的故事振奮人

心。但如前文所述，我們要祝福一個人東山再起，至少得先認同這個人。

《鳥人》中的主角承受精神分裂的極大痛苦，腦中不時浮現鳥人與他對話，使他困在現實與幻覺間。每當他被羞辱詆毀，內心中的鳥人就會現身（聲），加深他的不甘，挑起他的憤怒，唆使他行惡劣之舉。

即便他在精神的痛苦上惹人同情，但他的行徑與態度實在令人難以苟同。他在感情上輕浮，對人頤指氣使，對前妻家暴搞砸了婚姻，連女兒離開勒戒所後都對他不屑與怨懟。從他東山再起的過程中，我們再次看到他動輒對人暴力相向、眼紅嫉妒，將失勢歸咎為世界的錯，彷彿全世界都欠他。面對生活的欲振乏力，他就是狂躁、憤怒、失控。

作為觀眾，我們好難祝福這個主角東山再起。甚至，從他惡劣的態度行徑中，我們完全能理解他何以失敗。

反英雄的一種操作，是「贖罪」。可鄙的主角在最後會以加倍的程度償還罪孽。

《鋼鐵人》裡的東尼史塔克起先是個玩世不恭、好出鋒頭、目中無人的混帳，堪稱反英雄代表，在《復仇者聯盟》的最後犧牲性命拯救世界，用性命來贖罪；《絕命毒師》中從街頭小毒犯幹到世界大毒梟的男主角，手段險惡，害人無數，搞到家破人亡，最後也是用性命來贖罪，以最大代價來償還一切的錯。

相較於贖罪，負面主角、反英雄的另外一種操作是直線殞落，在悲劇中毫無蒸餾出任何苦難的結晶，僅留下無限唏噓，《鳥人》即屬此類。

　　男主角在籌備劇場的東山再起過程中，沒去處理內在的黑暗，反倒把黑暗給放大了。一路上，他精神分裂狀況加劇，出糗成為大家茶餘飯後的笑柄，一次醉倒路邊後，他在精神的幻覺中化身超級英雄，在戰火和怪獸中翱翔穿梭，但這一場瘋狂的英雄夢在他被拋回現實後更顯諷刺蒼涼。最終他精神崩潰，一槍斃了自己。

　　他沒有從反英雄翻身為英雄，毫無救贖、毫無希望。

　　主角最後沒死，只轟掉了自己的鼻子，這種自毀的行徑反引來劇中的影評和觀眾大聲喝采。一個失勢的他，在真實的悲劇中倒是贏得了觀眾目光。最後包著鼻子與半張臉的紗布，像極超級英雄的面具，面貌有如可怖怪異的鳥。他朝窗外一躍而下，編導的處理極其曖昧，應該墜落了，又暗示了可能飛翔。這種幻想中的救贖，對我來說虛弱無力。只能說生命的結束是他能有的最大恩寵，是作者能給精神崩潰者最後的溫柔。

　　這類的戲劇路徑中，我們從主角的「負面」對照出什麼是「正」；藉由寫一個人的「暗」，來讓人看到「沒有光」的處境，間接得知了「有光」的重要。

　　要營造這類的負面主角，必須格外小心。若**要讓他們最終得到觀眾的擁抱，就要處理他們的贖罪。**不然，觀眾從頭到尾

會很難跟著角色一起走，於是和主角之間是有距離的。若是我們根本不在乎一個主角的死活，是會出非常大的問題的。《鳥人》電影的成功很大一部分歸因於導演手法的絢麗巧妙，但若**要複製《鳥人》對主角的人物建構則是一條險路，一不小心，觀眾恨之欲其死，劇本也就完蛋了**。作為觀眾的我們，也只能從他們的殞落中不勝唏噓，並帶走一個警惕。

沒有英雄的世界

《分居風暴》多角色的眾聲喧嘩

　　大部分的故事中有一個明顯單一的主角，與一個主角的對立面，稱之為反派。在單一主角與反派對立的戲劇行動中，主角都擔任相對正義的一方。在一個塑造英雄的故事線條中，觀眾因為認同了主角，很容易以主角的觀點來看待事情。我們陪他成長，陪他進化，陪他到達最好的地方。

　　人生中除了特定的領袖之外，往往沒有誰是全然的英雄，生活的圖像是由各個平凡的市井小民所構成，大家都有小奸小惡，大家也都有溫暖良善。有些故事不走英雄路線，反而**勾勒眾多角色，以不同的觀點共同完成敘事**。這類型多觀點敘事的劇本，即便仍然有所謂的主角，但故事裡的眾角色都占有一定篇幅，**每一個角色都有公平公正為自己發聲的機會**。我們身為觀眾不會完全認同某一個角色，相對地，它讓我們可以認同所有的角色，也為每一個角色感到惋惜。

｜角色之間的排列組合

　　《分居風暴》是首部奪得最高榮譽金熊獎的伊朗電影，入圍 2012 年的奧斯卡最佳原創劇本等大獎，最終獲得該年奧斯

卡最佳外語片。本片探討一場由流產展開的羅生門如何在伊朗特殊的男女、階級、宗教、時空背景下慢慢發酵與演變。

伊朗一對中產夫婦取得簽證準備離開伊朗，但男主角捨不得拋下年邁患病的父親，妻子則為了女兒想要移民，提出離婚但被法庭駁回，雙方分居。丈夫請了女看護來照顧父親，她竟令父親在家跌倒，這股怒氣使得男主角懷疑看護偷錢而在盛怒下推擠，疑似因此導致看護流產。看護的丈夫控告男主角謀殺，兩對夫妻在法庭上展開鬥爭。一場分居，演變成流產與謀殺的謎團。

本片的角色眾多，是一幅人性與謊言的浮世繪。兩個家庭、兩對夫妻、雙方的孩子、家屬與執法人員等，男男女女都承受各自的壓力與不得已，在帶點懸疑的調性下產生一段段交織著宗教禁忌、家庭親情、社會男女規範、司法等人性議題，男主角與妻子也在詭譎的司法查案中釐清他們婚姻的去路。

此劇本相形複雜，但剔除複雜的情節，其運作機制其實很簡單。編劇安排了一個單一的核心事件，即看護被推擠後的流產羅生門。在這個核心事件被建構後，編劇安排眾角色以各自觀點來看待與回應該核心事件，在圍繞此事件下彼此交錯對抗。**每一個角色都呈現出如主角般清楚強烈的欲望與目標，延伸為一波一波的交手對戰。**

多角色的故事重點就在於多角色之間的排列組合。在《分居風暴》中，作者建立了數組的兩兩對立，我們可以把眾多

角色構成的角色網絡拆解成一組一組的對偶關係。**千萬不要讓眾多角色們「自說自話」，務必讓他們形成「一組一組的對立」，並在對立衝突中為自己發聲，眾聲喧嘩。**

劇中，中產階級家庭與看護所在的底層家庭，兩者在司法上激烈對抗，這是第一組對立；在中產階級的家庭中，即便夫妻在司法上是同一陣營，但兩人正在談離婚，又在攜手的過程中增加對彼此的厭惡，這是第二組對立；女兒不希望父母離婚，想要挽留兩人，女兒和父母又是一組對立；女兒發現父親說謊，形成父女間的對立；底層家庭中，看護基於宗教慣例與男女偏見下，瞞著丈夫去打工，導致夫妻間存在秘而不宣的秘密，他們又是一組對立……

正是在角色排列組合的兩兩對立下，埋下了之後衝突的基礎。

刻畫人物在特殊情境下的人際互動與人性

仔細觀察，**好的多角色故事中不會有兩個相近的角色**，要找到各種面向的對立面是作者的功力；再來，**對立的狀態要有能持續進行並漫成大火的潛力。**很多劇本走到中間會遇到衝突的停滯，這種欲振乏力來自於一開始就未建立起夠多衝突的種子。《分居風暴》中開場不久就建構起各種矛盾，不浪費任何將衝突擴大的機會，導致故事張力可以延續到最後一刻。

在單一英雄的故事中，主角會擔起作者想要提倡的價值，若主角成功則代表作者倡導的價值是被證實的，若是主角失敗

則代表作者想要提倡的價值被否定。英雄敘事中要闡述的價值往往有明顯的善惡黑白之分，在一個三幕劇的故事中，作者往往會給出一個一錘定音的答案，例如在《天外奇蹟》中，作者告訴我們放下過去、前往下一站，是比無止盡地耽溺在過去更好。

在英雄故事的敘事裡，作者是有站邊的！例如在《黑暗騎士》中我們無疑支持蝙蝠俠最後獲得勝利；《斷背山》中我們肯定希望兩位牛仔能夠跨過千山萬水去相愛；《魔球》中我們挺主角東山再起；《花漾女子》中我們期待女主角復仇成功……我們都跟著特定的主角往前走，希望他們得償所願。

但在多角色多觀點的敘事中，作者沒有偏袒任何一個角色，我們不會特別去希望誰贏誰輸，反而是單純目睹他們的碰撞。角色們都以各自戴上的濾鏡來看待現實，導致現實本身是沒有固定面貌的，所謂的真相也因人而異具有不同版本，一切都只是觀看視角的不同罷了。

《分居風暴》中，每一個角色都有各自的立場，個個都有讓人得以認同的欲望，也有讓人不得不指責的軟弱。劇中，在看護流產時，中產夫妻仍給予擔心與關懷；看護因為宗教禁忌而不能幫老父親洗澡，卻因不忍心而依然動手幫忙，其愛心行徑埋下後來衝突的種子……

他們即便有其個性缺陷，但在情感上仍是厚道的，沒有人做出道德敗壞的行徑。甚至他們的道德、信仰都讓他們大致能以禮相待，就算吵到翻天覆地仍有一定的理性。我們不會痛恨其中任何人。

多角色、多觀點的敘事並非要證明某個特定價值，而是在描寫人物在特殊情境下的人際互動與其中顯露的人性。事情會越演越烈並非有特定的惡者反派在作亂，而是困於每一個人都有其局限。

總結一下多角色多觀點敘事的要點。第一是角色的排列組合，建構出數組對偶的兩兩對立；第二是對立關係的設計要能埋下讓衝突爆發的基礎，不然會後繼乏力，產生衝突的停滯；最後是是非善惡被模糊化，沒有人是擔任明確的好人或壞人，《分居風暴》之所以會釀成風暴，原因便在於大家「局限的總和」。沒有人是英雄，沒有人是惡棍，裡面只有人，像極了現實中欲振乏力卻又勇往前行的我們。

PART 2

生命中的高光時刻

邁向三幕劇與希臘悲劇

世界傾倒的那一刻
《鴻孕當頭》平衡、混亂、新平衡

故事是怎麼開始的？又要在哪裡結束？

任何故事在開始時，人物會處於一個「平衡狀態」，我們將這時的世界稱為「平凡世界」。此時，角色平靜度日，波瀾不驚，沒有任何刺激讓人做出改變。**人會甘於平凡世界，因為人的天性是追求穩定，抗拒改變。**當物質、心靈、主客觀狀態處於平衡時，不會有故事發生。

直到某刻，一件突發事件打斷了生活與心靈的平衡，角色掉入失衡與混亂中，從平凡世界走到新的世界，就此有了展開故事的契機。再次**根據天性，人本能會想待在一個平衡狀態，角色在混亂失衡後會去重拾平衡的日子。**但故事中的人往往回不去原本的地方，他們要**尋找的是一個嶄新的平衡狀態**，於是一段旅程便分成了三個段落——平衡、混亂、新平衡。

▍所有的故事都是從世界的失衡開始的

《鴻孕當頭》（Juno）以女主角朱諾的人名為片名。故事從一根讓人崩潰的兩條線驗孕棒開始，書寫朱諾偷嚐禁果後懷孕，歷經十月懷胎直到小孩生下間的四季。敘事看似流水帳，

卻藉由妙趣橫生的事件設計完美刻畫出一個特立獨行、叛逆脆弱、憂傷又勇敢的經典角色。幾乎可說，是這個完滿又可愛的立體角色造就了這部不凡的劇本。

朱諾是一名高中女生，冷漠的，酷酷的，還在摸索什麼是愛。在故事開頭便迅速得知懷孕，她的世界瞬間傾倒，敘事手法單刀直入毫不沓拖，似乎預告青春即將就此結束。她回不去原本的生活了，必須花十個月去尋找一個新的得以安然自處的狀態，安頓即將到來的小孩，擺平混亂失衡的自己。

朱諾直觀選擇墮胎一途。但在她被護理師無禮對待又發現嬰兒已經有指甲後，毅然離開診所，決定把小孩生下來（對，原因就是這麼無厘頭）。看來，她認為拿掉小孩無助於心靈的平靜，只會讓自己有更深的負罪感。

她換了新的方法，幫小孩找一個領養家庭。她不想將小孩交給一個會將自己形容為「健康」的家庭，希望孩子有特別的爸媽，在此標準下她選上了一對雅痞夫妻。兩人看似幸福美滿，但先生根本還未長大，幼稚中二不負責任。妻子極度渴望當媽媽，想用孩子來拯救兩人的婚姻。朱諾看不出來這對夫妻間存在著巨大裂痕而根本不會幸福，天真以為孩子將有一對酷炫的養父母。

朱諾跟爸媽說，「我已經找到了收養的人，只需要 38 週就可以當什麼事情都沒發生過了。我也很心痛。」她認為只要 38 週後就能將失衡的世界回穩，把歪斜的世界扶正，未經世事的她完全不知愛與生命比她想像的更複雜更難搞，不知親情、

友情、愛情裡多少幽微的秘密與難測的智慧。

所有的故事都是從世界的失衡開始的，那根兩條線的驗孕棒，就是朱諾世界失衡的開端，也是致使她踏上旅程的轉折點。

這種打破平衡的事情叫作「觸發事件」，是讓主角被迫採取行動、進行改變的是主要事件。事件發生後，角色再也無法尋常度日，為此心神不寧，故事由焉展開。主角離開尋常世界後，為了重建生活平衡而產生了表層與深層的欲望，設立了外在的目標勇往直前。

｜真正的平衡得向內尋找

在一則愛情故事如《以你的名字呼喚我》中，主角原本的平衡狀態就是單身度日，直到遇見了心動的人，天雷勾動地火後從此心神不寧，主角人生陷入混亂，為了找到新平衡，他去追求愛，想要獲得愛情；相反地，在一齣分手電影如《金法尤物》中，人物的平衡狀態是穩定交往、擁有愛人，而觸發事件是對方提了分手，自此撕裂，人物再也無法平靜度日，日日以淚洗面，又為了找到新平衡，於是踏上療傷之路，學會如何獨身或進入新的關係；懸疑偵探片《記憶拼圖》與《鋒迴路轉》中，平衡狀態是沒有罪行的世界，直到一宗犯罪事件打破了平衡，人們想獲得的新平衡，就是一個找到真相與正義的世界；超級英雄電影如《黑暗騎士》中，平凡世界是和平的城市，觸發事件是大反派的現身，尋覓的新平衡便是消滅反派。

根據故事中的衝突理論，在找尋新的平衡的路上，角色注定不會太順遂，就像是朱諾，原本世界只是失衡，但她低估了愛與責任，而導致世界從傾斜到傾倒，直到傾覆，近乎傾滅。

　　孩子未來的養父根本不愛他的太太，反倒被青春正盛又古靈精怪的朱諾給吸引。這位不成熟的男人對朱諾彈吉他唱歌、分享音樂電影，盡做些不適當的事，當然意在把妹。朱諾無法察覺當中邪念，反而更確認他會是個很酷的爸爸。直到男人出手表達意圖，朱諾傻了，當養父進一步表示他根本就想離婚時，朱諾更是震驚迷惘，愛怎麼會是這樣？相愛的人怎會輕易別離？她為了肚子裡的孩子開始說服對方——

養父：我們已經不再相愛了。
朱諾：至少你們結婚時是相愛的。既然你們曾經相愛，那
　　　就繼續呀。
養父：妳還太年輕了。

　　一句「妳還太年輕」了，直指朱諾的叛逆、冷漠、對愛的錯待都來自於她的天真。就怪給年少吧，都是年少的錯。以為找到寄養家庭就能當什麼事情都沒發生過的她，無依無助地滑落著，她無處求救，只得回去那個她受不了的家，求助於相處不睦的父母。

　　到底什麼是新的平衡狀態？朱諾還在找。外在環境的丕變，讓她於外尋起安然託管小孩的地方，卻忽略了**真正的混亂是在心底，真正的新平衡得由內去尋。**

新平衡不必然是「更好」的狀態

青春的錯，就讓青春來解決；愛給的茫然，就讓愛來給答案。

在自我追尋的幻滅路上，朱諾重新去思考了何謂責任，何以去愛。或許先走了錯誤的路，更能抓到活著的手感。這段過程讓她重新思索了與她發生關係的男孩間的情感，讓她從養父母失敗的婚姻中反觀她的家庭關係，更開始能真正嚴肅地去看待要生下來的生命。十月懷胎的最終，她將生下的孩子慎重地交付給離了婚的養母，也回去找了那晚一夜激情的男孩。

大家不要誤解，所謂的新平衡並非是世俗眼光下的「更好」狀態或是一個大圓滿結局。一段失敗婚姻的新平衡不見得是重修舊好，而可以是釋懷地離婚；一個渴求愛的人的新平衡並不見得是獲得新歡，而可以是學會與寂寞共處；就連在尋凶電影《意外》裡，想要找到凶手的痛苦母親所覓得的新平衡，不是找到凶手，而是去接納一件事實——有些案件就是真的找不到凶手。

《鴻孕當頭》的最後，朱諾和男孩一起彈吉他唱歌，應該是初戀了。「一般人都是先相愛再生小孩子，我就是這麼與眾不同。」朱諾是這樣說的，我們怎能不喜歡這個酷酷的她呢？

都怪那個該死的錯！
《寄生上流》故事中的「錯誤決定」

　　沒有犯錯，就沒有故事。聽起來很諷刺，但人生就是如此。若我們已經同意前面幾篇所述，**故事的靈魂是角色的成長**，那沒有犯錯，人又何須成長？若沒犯錯，穩固的世界又怎會歪斜？在如《鳥人》這種不寫成長的負面角色中，若沒犯錯，人又怎會一路殞落，直到墜毀？

　　犯下的錯還必須源自角色自身主動且積極的選擇。**混亂不能源自他人的決定，也不要來自純然的意外巧合，否則即便故事再曲折離奇也不是主角的生命啟示。**正所謂個人造孽個人擔，覆水難收的水必須是主角自己潑的。自己做決定，自己上路，自己得意忘形，自己傷痛欲絕，自己浴火重生。

| 必要的關鍵時刻 —— 錯誤決定

　　《寄生上流》在第 92 屆奧斯卡金像獎囊括了最佳影片、最佳導演、最佳劇本等大獎。劇本堪稱一絕，無論是高概念與貧富差距議題之間的連結，到一家四口的角色刻畫與情節的峰迴路轉，兼顧藝術性、批判性、懸疑性與娛樂性。本文，將探討**無論是三幕劇或希臘悲劇等故事結構都必須要有的一個關鍵**

時刻──錯誤決定。

　　故事描述貧困的一家四口潛入上流家庭中的欺騙故事。住在韓國半地下室的一家人，整天仰望地上的世界，毫無尊嚴。一次偶然的機會，家中的哥哥以偽造文憑的方式混入了上流家庭當家教，發現在那可賺進大把鈔票。接著引薦妹妹進入成為美術老師。又接著，爸爸與媽媽也耍些小手段鬥走原本的司機與管家，兩人取而代之。一家四口佯裝成不是一家人，進駐上流之家各司其職。

　　一開始，他們享受到做此決定的紅利，登堂入室後吃香喝辣，假裝過著有錢人的乾癮。但在紅利過後，麻煩漸漸產生。在一次上流之家出遊的夜晚，過往的管家回來尋找藏在地窖中的老公。不堪的真相開始揭露，主角一家人的欺騙行徑也快被揭發，慌張之下，爸爸將管家與地下室的窮人綑綁。為了賺取錢財行騙的一家人，成為限制他人自由的罪犯。

　　起先的謊言，激起因果效應下更大的漣漪。劇中的爸爸為了擺平麻煩，在在體會到窮人與富人之間的社會階級落差，一句被嫌棄的窮人臭味徹底燃起他的憤怒。故事後段峰迴路轉，情節讓人瞠目結舌，他們因說謊捅下的婁子越滾越大。一個暴風雨的夜晚，他們逃出上流之家，但自家已經淹水，一家人狼狽地到一個廣場與窮人們一同避難。

　　他們起先擁有的說謊紅利已不復存焉，假象被打回血淋淋的現實。面對幾乎無法挽回的困境，啟動這一場騙局的哥哥對爸爸說了一句，對不起。這句「對不起」，揭示了他承認自

己「有錯」。末了，父親從說謊、限制他人自由，到成了殺人犯，躲進永無天日的地窖，為錯誤付上極大代價。

｜從「錯誤」通往「悔悟」

在前一篇文章中，我們講到了觸發事件導致平凡世界的平衡狀態被打破，此時，主角必須做一個決定來回應觸發事件，意在重新找到新的平衡。這個決定往往極有問題，在此稱為「錯誤決定」或「有問題的決定」，以下列出兩點來倒推出此時刻為何如此必須。

第一，故事要有衝突，衝突會逐漸升級，小火種在連鎖反應下釀成燎原大火。**將一切的因果回推，那第一個推倒骨牌、導致混亂的便是角色有問題的決定**。該決定指涉一切混亂的根源與第一因，並非一定是道德意義上的錯，該點後文會詳談。

第二，成長，意謂著頓悟、悔悟，故事後段也時常有「認錯說抱歉」的橋段，而**三幕劇的第三幕精神也正是挽回所有的錯**。既然要認錯，既然要挽回，就代表角色必須犯錯在先。

那我們看看錯誤可以通往何方，以下歸類為兩種路線。第一種，**角色從「錯誤」通往「悔悟」**，故事的第一個切分點便是角色的錯誤決定，並於最後意識到自己的錯並試圖反轉，這類結構屬於三幕劇；第二種路線，**角色做了錯誤決定，卻執迷不悟，到了最後依然不覺有錯，於是成為悲劇的源頭**，這類結構屬於希臘悲劇。關於三幕劇與希臘悲劇，都會於本書的後面章節詳述。

都怪那個該死的錯

以下試舉幾例，呈現出**錯誤決定的多樣性與無窮可能**。

《王牌冤家》中的金凱瑞為了跨越內心的憂傷，做了一個錯誤決定——刪除一切記憶。這導致他在被刪除記憶的過程中發現根本不想忘，原來想記得，於是展開一場逃亡，最後頓悟到人在每一個瞬間能做的不過是享受當下的幸福與疼痛。

《腦筋急轉彎》中的樂樂認為憂傷對人類有害，她做了一個錯誤決定——把憂憂趕走。是這個決定導致腦內城市的崩塌，使樂樂必須在一片混亂中收拾殘局，並在最後認知到憂傷的情感也是精神意識中寶貴的一塊。

特別強調，這裡的錯誤，不見得是道德上的瑕疵，當然在《寄生上流》中是。所謂的錯只是造成一切混亂根源的「因」，可能是動機或心態有問題，或是手段有點似是而非。故，也可詮釋為「有問題的決定」即可。

在《斷背山》中，傑克與艾尼斯做了一個有問題的決定——跨越千山萬水來幽會偷情。這錯誤始於兩人第一次謊稱要去斷背山釣魚，並持續長達 20 年。我們並不會說兩人相愛是道德上的錯，但一切剪不斷的牽扯、牽掛、家庭的離異、內心痛苦等連鎖反應，都是從這個決定開始的。

所謂的**有問題的決定也不一定是負面的**，有時候導致一切混亂的源頭，甚至是想要正向與勇敢，這種案例會顯得格外諷刺哀傷。

在《海邊的曼徹斯特》中，失去親人而悲傷欲絕的男主角

退縮至自己的世界，他做出了一個有問題的決定——想要擔起責任、照顧姪子、開始約會。這是憂傷者想振作的心志，是多麼棒的一個決定。但故事末了的他，被自己的決定擊垮。他只是想走出傷痛，卻發現根本還沒準備好。

有問題的決定也可能是一個大膽與前衛的嘗試。《魔球》中，作為球探的男主角引進一套全新的棒球數據分析技術來組建球隊，起先毫無斬獲，一度讓球隊陷入連敗，看似要全盤皆輸時局勢卻開始上揚，魯蛇開始翻身。

由此得知，**「錯」與「對」的概念可以是曖昧的，是可以拿來翻玩的，但必須有錯，必須有問題。**有錯才需修正，有病才需要醫治，先痛後快，有癡有悔。

回到《寄生上流》，我們來思考一下此片的「錯誤決定」，真的只是一家貪婪欺騙的錯？很大的一部分是，劇中人確實自己造孽，為此享受了短暫歡愉也為此付上代價。但這個錯誤的決定背後，也是小人物背負著社會資源分配不均和體制殺人的原罪。他們一家四口的錯，在編導的控訴語調中，也同時是社會的錯、體制的錯。於是當我們看到他們的沉淪時，多少也能對他們抱持同理與同情，願意為他們深深嘆息。

沒有犯錯，沒有故事。波瀾起伏的人生既驚駭又迷人，都怪那個該死的錯。

幸福很美，只是別誤會那將成為永恆
《雲端情人》故事中的「虛假勝利」

在《全面啟動》文章中，我們說所有的故事都是關於醒來；在《寄生上流》文章中，我們說故事都起因於角色的錯誤決定或有問題的決定；既然有錯，那就要有醒悟，一部電影大部分的篇幅便是在寫角色從犯錯到認錯之間的路，做一場從昏迷到醒來的夢，這占據了一個故事超過一半的篇幅。

但，**為何角色要通往清醒的路會如此漫長？為何要讓角色醒來總是如此困難？**

因為他們嚐到了甜頭，因為一路的風景太過迷人。更精確地說，是一度迷人、讓人高潮，即便短暫卻讓人頭暈目眩。

｜在故事的中間鋪陳「虛假的勝利」

《雲端情人》在第 86 屆奧斯卡金像獎獲得五項提名，最後贏得奧斯卡最佳原創劇本。故事描寫一名寂寞難耐的男主角與 AI 人工智慧的虛擬情人間的愛情故事。兩人彼此撫慰，相濡以沫，無奈最後以寂寞作收。

先看看男主角的平凡世界，他的工作是幫人寫文情並茂的

信，真實人生中沒有和任何人有親密的交流，過著一成不變的枯燥人生。他情傷，與青梅竹馬的妻子商談離婚，對寂寞有深深自覺，極需一個人將他拉出孤單的深淵。

觸發事件來了，名為莎曼珊的 AI 人工智慧系統出現了。AI 虛擬情人可以入侵男主角的電腦系統，獲得完整的大數據分析來理解男主角。兩人很快透過網路交談成為靈魂伴侶，互相完滿內心不為人知的欲望。

男主角對婚姻破裂的妻子仍有依戀，AI 虛擬情人暖心安慰，性感的聲音加上細膩溫情的詞藻屢屢撫慰了他。同時，AI 虛擬情人亦有一種身為人工智慧的自覺，不滿自己只是虛擬，遺憾自己沒有肉身。這段關係不只是 AI 莎曼珊單方面滿足對方，男主角同時也舔拭 AI 莎曼珊的傷口，就像是一對真正的戀人。

除了神交，他們也挑戰人與電腦的肉慾。他吐訴猥褻不堪的字句，聽聞 AI 性感醉人的聲音，雙方遊走於真實與虛擬的邊界彼此愛撫，在語音的性愛中高潮。形體虛擬，但心動與高潮都貨真價實。

其中一幕，男主角拿著手機，聽著女方的聲音旋轉，手握手機宛如牽起彼此的手，在旋轉中成為彼此世界的中心。他熱戀了！他好幸福，好開心，好像可以不寂寞了。

正是這一股幸福感，鋪陳了他通往幻滅與寂寞的路。此時的他還不覺得與 AI 談戀愛會帶來極大的空虛，於是投入了更多的愛，付出了全部真心。這一刻發生在故事的中間點，稱為「虛假的勝利」。

沉醉於勝利，而忽略了虛假

　　角色在做出錯誤決定後會先得到一陣暫時性的滿足。類似吸毒，起先暢快無比，放膽一意孤行，以為憂傷的心找到了寄託、沉溺的靈魂抓到浮木、以為世界從此就要不一樣了！直到越抽越大，抽到人生崩垮。《雲端情人》中寂寞難耐的男主角便是著了虛擬幸福的道，殊不知其所承擔的代價是不可遏抑的傷痛。

　　故事中段，男主角去與妻子簽離婚協議書。原本抗拒的他如今欣然接受，儼然已告別過往。男主角告知他有了一個開朗樂觀的新戀人，妻子成熟祝福，直到得知男主角的戀人只是個電腦軟體，妻子既失望又憤怒。這排解寂寞的方式簡直荒唐，她責備他還是不懂處理真實人類的情感。言下之意，男主角的問題由來已久。

　　男主角與 AI 人工智慧談戀愛，這是怎樣看都不太對勁的有問題決定。果不其然，這段無懈可擊的戀愛關係開始碰壁，先是 AI 幫他找了一個真人充當性愛時的肉體代理人，純愛深情的男主無法接受這種三角關係，雙方衝突，互相指責攻擊。男方把他的情感失控歸於離婚協議書，女方則推諉自己是被男方影響，男方甚至口出惡言嘲諷 AI 虛擬情人「妳根本不會呼吸！」直搗對方的痛。原本的幸福感變形了，人與程式的隔閡被擴大，被意識到了。

　　爾後，AI 虛擬情人更新軟體，消失了幾天，回來後已大幅升級，擁有同時跟一整座城市的人談戀愛的超強作業系統。男

主角得知真相，從虛擬的幸福中被丟回現實。

只是，這一次的現實，比之前更傷痛，更寂寞，更絕望。除了失去戀人本身的傷心，更讓人難以釋懷與原諒的，是自己的寂寞竟然可以巨大到需要栽進程式系統的溫柔鄉，這是多麼的可悲淒涼。

這無言的結局並不難想像，但為何主角在這盲目荒唐的路上會毫無警覺？除了寂寞的深淵真的太深，會讓人耽溺不走的，是那虛假勝利確實幸福美好到讓人無法抵抗。**在虛假的勝利中，人們沉醉於勝利，忽略了虛假。**

｜虛假失敗

故事有另外一種走法，即「虛假的失敗」，在此以《魔球》為例。

《魔球》中的男主角是一名不得志的球探，為了東山再起大膽啟用以數學統計為基礎的理論思維來組建球隊。《雲端情人》是先嚐到甜頭才走向幻滅；《魔球》反其道而行，主角在老球探質疑嘲諷的壓力下啟用新的技術，球隊戰績卻毫無起色，依然慘烈，眼看這個方法就要失敗，男主角大概也要捲鋪蓋走路了，意外地他所採取的新方法卻開始奏效，一切開始上手，球隊戰績由黑翻紅，突飛猛進地展開 20 連勝。即便最終沒有獲得冠軍，但其膽識與見地已經讓他谷底翻身，成為令人敬佩的人。

《雲端情人》營造的是**虛假的成功，讓人先騰飛後墜落、**

先幸福後寂寞、先成真後幻滅。那是一個誘惑，誘使角色越陷越深、識人不清、目眩神迷，直到真實的失敗後才讓角色發現原來錯得離譜。

《魔球》營造的是**虛假的失敗，讓人先下墜後飛翔。那更像一個試煉**，考驗主角能否抱持初心與足夠的信念穿越險峻重山，他所需要做的是相信自己，堅持下去，挺過最艱難的時刻，打所有嘲笑輕蔑者的臉，跌破專家眼鏡。只要能夠從虛假的失敗中往下走，就能嚐到甜美的果實。

> 故事是一個曲線，高高低低。故事可以有持續不斷小小的波動，但大塊的曲線則著重於故事的中間點與末尾。有時候先體會到虛假勝利的高點，接著再於現實中跌至深淵；有時會先經歷到虛假的失敗，再拔升到高處。

這對人生的啟發在於，不論你正處於高峰或低谷，最重要的仍是辨別那是真實的，還是虛假的，是暫時的，還是久遠的。人當然有權力去享受片刻，甚或虛幻的愉悅與狂歡，面對虛擬有時亦是一種大無畏，一瞬的回憶也時常在人生中占有巨大的價值。**悲劇性與傷痛的根源往往不在於結果的好壞或故事的終結，而是在過程中誤會了那將成為永恆。**

在尋找自己的路上搞丟了自己

《淑女鳥》角色如何回心轉意？

　　回心轉意、改變徹悟是人生中最高光的時刻，卻也是最困難的瞬間。

　　前面強調了角色改變的重要，提到人的天性是不願改變的，即便在追求目標的路上，人都會維持原本的天性與習氣，**要讓人產生改變，勢必要有夠大的刺激與情境。**我們回想自己的人生，上一次面臨心境上的劇烈改變是什麼時候？是否伴隨著極大的失落、傷心或衝擊？真實的我們可能都是經過了漫長人生才蒸餾出一絲絲的頓悟，才會有些許的改變，大部分的時候甚至沒有頓悟。但戲劇是人生的凝鍊，在故事有限的時間裡，角色在哪個份上的回心轉意才是可信、有力的？那又是怎麼發生的？

▍讓角色傷痕累累，瀕臨毀滅，付上慘痛代價

　　《淑女鳥》是一部少女的青春成長電影，入圍第 90 屆奧斯卡最佳影片、最佳原創劇本等五項大獎，獲得第 75 屆金球獎最佳音樂與喜劇電影。

主角本名叫克莉絲汀，是個住在沙加緬度的高中女生，懷抱紐約夢，嚮往到人文薈萃、有藝術品味的大城市生活。她與母親關係不睦，幫自己取了一個別名「淑女鳥」（Lady Bird）。**取名字、擁有命名權，是權力與所有權的展現。**為己命名，禁止母親叫她本名，正是她與母親爭奪主權的角力，是爭奪個人獨立自主的戰場。

以淑女鳥作為片名有雙重意涵。一、開門見山，這就是寫關於「她的」故事；其二，這個俏皮可愛又帶點怪異滑稽的別稱代表她活著的態度，隱喻了整齣戲的題旨——自我認同。意在宣告自己的特立獨行——我這麼怪，我就是我，我可以決定我是誰。

她的 Major Action，成為一個很酷的人。

她為了達到內在欲望，努力融入學校風雲人物的社交圈，更對一切讓她看似平凡的社團、朋友、老師、父母頑強抵抗，不惜出言傷害閨蜜，離開話劇社。她想附庸風雅，想要有一個滿口戰爭與謬論的文青男友，只為了讓自己給人的觀感符合「淑女鳥」這麼酷的名字。

這部劇本最聰明的地方在於**巧妙地運用了「自我命名」的指稱來外顯化她內在的心靈狀態**，勾勒出她自我認同與家庭認同的改變軌跡。

淑女鳥在前往很酷很酷的路上，她構築的青春泡泡在被殘酷地戳破，傷痕纍纍下開始重新審視她結交的所謂很潮的朋友、很酷的愛情、逞強裝出的身家背景，是否真的給了她快樂？在劇末，一路堅持要自稱「淑女鳥」的她，在酒吧喝酒解

憂，有人向她搭訕問她叫什麼名字，她回答——「我叫克莉絲汀」。

藉由自我指稱的轉變，映照出內在的改變

在故事的起初，她堅持自稱淑女鳥。過了一整齣戲，她回答自己叫克莉絲汀。**自我命名的轉變，很聰明與巧妙地揭露了她心境的轉變**。她如何自我認同、如何看待原生家庭，都藉由自我指稱的轉變，映照出她內在的改變與回心轉意。

戲劇建構了一連串的失落，讓淑女鳥遍體鱗傷，**這段一無所有導致角色沉思的時刻叫「靈魂黑夜」，是角色陷入的萬劫不復之境**。人總是在最慘的時候才會將目光從他人回轉到自己身上，在一無所有時去反思什麼是愛、誰是愛她的、誰是她所愛的。既然人性是不見棺材不掉淚，就要讓角色流出悔改的眼淚，就要讓他見一眼棺材。痛徹心扉後，才會產生多麼痛的領悟。

淑女鳥幻想中的酷青春把她自己給吞噬。她傷害了一路陪伴她的閨蜜、出言不遜地辱罵照顧她的老師，與母親決裂。她切割了這些原本愛她與陪伴她的人事物，但她想要融入與奔赴的那些新朋友，卻只是讓她更顯格格不如。她當不成想當的人，也丟失了原本的樣貌，搞到如今毫無歸屬，面目模糊，萬般尷尬。

此時，戲中的一幕震懾感動了我，在女主角撲簌簌哭得淚流滿面，向來與她兵戎相見的母親，一句話不說就上前給了她

一個緊緊的擁抱。或許在這一刻，她才發現那個她極欲想離開的家，也是她想回去的家，是在她被世界拋棄時還願意為她展開雙臂的避風港，告訴她，即便她傷害了他們，但他們還在。這是淑女鳥真正回心轉意的魔幻時刻，在最深的靈魂黑夜，她在自省後找到了烏黑雲幕的隙縫，撥開後迎向了光。

切記，人不會平白無故就改變

真實人生中，或許我們可以看了一本好書、聽了一場撼動人心的演講、參加了心靈療癒課程等就產生人生觀的改變，但在戲劇中不能這樣。在戲劇中，看一本書、聽一場演講或可呼喚主角上路，但**戲劇終究是由事件所構成，一切改變要真實可信，還是必須仰賴主角在路上碰到的外部事件所帶來的衝擊，來帶給主角改變的契機。**

《雲端情人》的男主角陷入與 AI 虛擬情人間的美麗愛情，活在虛擬中逃避人生的責任。交往一陣子後雙方經歷各種磨合衝突，直到男主角發現 AI 同時跟一整座城市的人談戀愛，兩方衝突被拉拔到最深的茫然寂寞，他才開始思考起與虛擬戀愛的荒謬、逃避真實人生責任的可悲。**夢要先血淋淋地幻滅，人才會回轉，才會醒來。**

《王牌冤家》中的男主角為了克服傷痛，想要把一段相愛的回憶給全數刪除。直到他發現一切的美好回憶也要一同被抹除時，才意識到自己正在失去的一切是多麼珍貴。正是在一切

即將被刪除殆盡的關鍵點，他回轉了，發現那些愛恨悲喜都好想好想留住。

《鴻孕當頭》中的女主角自認可以搞定未婚懷孕惹下的麻煩，自以為聰明找了一對寄養父母，直到發現養父對她產生迷戀，更發現這對養父母的感情早就分崩離析時，叛逆特異獨行的她才開始回轉，思想起關於愛與責任的議題。

自許在真實人生中，我們不必身陷絕望遭逢險惡才回心轉意，我們可以在更早就覺察問題，洞悉活著的秘密。但**在戲劇作品中，我們必須讓主角歷經磨難。行經幽谷還不夠，還必須墜入深淵，唯有歷經靈魂黑夜，才會長出翅膀飛翔。**

認罪時間到，我們一起來禱告
《辣妹過招》故事中的「道歉時刻」

　　前一篇講述了角色總是在靈魂黑夜的深淵之處才會回心轉意，**為了呈現這段改變與翻轉，角色往往會有一個「道歉時刻」**。這是角色回心轉意、改頭換面時做出的申明，是一個對外認錯，於內徹悟的時刻。前篇文章已陳述，角色會做出一個「有問題的決定」，而「道歉時刻」便是與錯誤、出問題的那一刻遙相呼應。**對不起三個字，就是覺悟。**

　　許多戲劇中，角色都會親口「說出」對不起三個字，但這三個字不見得要被口頭說出，可以以任何方式呈現在角色對待生命與人的態度上。當一個角色不再怨天尤人，承認並承擔自己的過錯後，一句對不起象徵的是角色改變。千萬不要覺得說出對不起三個字很俗氣，**這是很煽情亦可以處理到非常雋永的三個字。**

　　讓角色把對不起說出來。犯錯到對不起之間的距離，就是英雄旅程的里程數。

▎卑鄙女孩，拒絕道歉

　　2004 年上映的電影《辣妹過招》是 YA 片經典，以青春

校園片之姿擠進百大劇本名單，創造許多經典台詞，在本當熱血青春洋溢的校園中勾勒一個宛如宮鬥片的女孩心機，從中悟出人生大道理，畫出一條美麗的角色弧線。英文片名《Mean girl》直譯為「卑鄙女孩」，我們就來看看一個卑鄙的人是如何頓悟覺醒，並且說出那句最難以啟齒的對不起。

女主角凱蒂轉學到一所新的高中，從非洲搬回美國後第一次過高中校園生活，躍躍欲試的她碰到學校各種關於愛情、友情、家庭等難題，她想要加入校花組成的辣妹團體，打入學校的風雲人物圈，殊不知辣妹之間充滿著嫉妒和虛榮的心機，姊妹淘間的感情簡直塑膠，展開了一場明爭暗鬥。

凱蒂先是喜歡上一位男同學，不料黑心校花搶人成功，故意在凱蒂面前與男同學曬恩愛。誠如英文片名「卑鄙女孩」所言，江湖實在險惡，在塑膠友情的辣妹叢林中，她起先是為了被喜歡，後來為了存活，只好使出越來越多的賤招。

凱蒂不服輸，要在校園的情感叢林中報仇雪恨，以其人之道還治其人，學習黑心校花笑裡藏刀的陰招還不夠，還要魔高一丈。她參與了一本《烈焰紅唇之書》，將全校女生都尖酸刻薄地批評了一番，這本流傳的書讓許多人為此受傷。女孩心機打得火熱到失控，演變為全校的女學生都被扯下水的大混戰，連老師都無法倖免。

凱蒂搞到天下大亂，成了全民公敵。老師開設了一場「道歉大會」，給眾人一個說出對不起的機會。同學們紛紛道歉，陳述自己錯誤，只有凱蒂不願意，自認沒有錯。

道歉過後，救贖開始

她不願意道歉。

她是唯一一個不願在「道歉大會」中道歉的人。堅不道歉的她竟然深深失落了，窮到除了自尊什麼都沒有。

她一開始只是想被看中，想被喜歡。在心機的世界中更心機，在狡詐的人際中更狡詐，不過是想獲得一席之地。但耍賤的她沒有獲得任何東西，下場是眾叛親離，千夫所指為一切混亂的根源。

> 三幕劇最大的精神 —— 改變與救贖，背後隱藏的精神是人在道歉後是能夠扭轉局勢的。在自承錯誤時，最煽情最美麗的一刻即將誕生，我們將有可能修復關係，告別過往，在坦然釋懷後變成一個更好的人往未來去。

一無所有的她在劇末參加一場比賽，心底再次不禁論斷對方，但眾叛親離的她開始自省。她的內心在靈魂黑夜後已經回轉，但內心回轉還不夠，角色有時需要說出來。凱蒂在心靈平靜中靠著聰明才智贏得比賽，戴上后冠。在這值得狂喜的時刻，她開始反思，這后冠還重要嗎？

此時的她完全可以驕傲炫耀、囂張地講出得獎感言，但她卻來了一段認罪大告白：「對在《烈焰紅唇之書》裡受到傷害的所有人，我真心對不起。你們知道，這些事我以前從來沒有

經歷過⋯⋯有多少人為此流淚⋯⋯」

她說了對不起，花了一整齣戲的時間瘋狂打鬧和陰招百出後，她說了對不起。

|故事，是找到「對不起」的各種可能

角色以一句對不起宣告未來的自己將不一樣了。這是角色的轉捩點，是打掉重練、死亡、進而重生的白皮書。對不起是後悔、是頓悟、是成長、是發現更高的價值，於是我們隨著角色的懊悔與道歉，一起變成了更好的人。**一齣戲，一個角色的旅程，就是一段邁向說出對不起的路程。認罪是美好的一刻。**無論戲劇與人生，都可以去留意那些說出口的對不起是否具備極大的力量，道歉實在是一個極度煽情的瞬間。

《寄生上流》中，當故事進行了四分之三，一家人在暴雨天從上流之家逃出來狼狽地在收容難民的廣場時，兒子對爸爸說了句「對不起」，為一開始混入上流之家的壞主意致歉。

《海邊的曼徹斯特》中的男主角因失去親人而行屍走肉、頹廢過日，被迫暫時領養姪子，他試圖振作卻功虧一簣。他向領養的姪子說了句「對不起」，他無法繼續照顧他了，即便他很想振作，但還是無法療癒自己，還是無法往前走。

《超人特攻隊》的父親犯了錯，為了自身欲望差點害死全家，導致全家被大反派懸吊起來。在這恐怖的畫面中，父親對全家說：「對不起，我是一個失敗的父親⋯⋯我太緬懷過去，

卻忘記了你們是我最重要的冒險⋯⋯」

最後，本文以《雲端情人》一段美麗的道歉作結。劇中男主角將自身的寂寞歸咎於前妻，但在與 AI 虛擬情人愛過一場更深深幻滅後，他開始反省起自己是否才是婚姻破滅的源頭，他寫了一封信給前妻想要修復關係，從責怪他人與怨天尤人中，轉為希盼他人的原諒：

「親愛的凱薩琳，我一直坐在這裡回憶，回憶那些我對不起妳的事，所有那些我們互相傷害、所有那些我對妳的求全責備、所有那些我對妳的過分要求、所有的所有，我都很抱歉。我永遠愛妳，因為我們一起成長，是妳讓我成為了今天的我⋯⋯妳永遠都會是我最好的朋友。」

故事，是找到「對不起」的各種可能，是找到道歉背後隱藏的各種價值可能性，是找到一條別出心裁的通往認罪的路徑。無論是正向或負面，那都是勇敢美麗的一刻。**在說對不起之前，是靈魂的疼痛；說了之後，準備自由。**
認罪時間到，我們一起來禱告。

黎明前的最後一戰

《黑暗騎士》故事的「終極考驗」

　　故事高潮，這幾個字大家都耳熟能詳，但到底什麼才是所謂的高潮？歷經一整個球季之後的總冠軍賽的最後一場，就是高潮。球隊在漫長的球季中有勝有敗，但唯有贏下最後這一勝，才能成為冠軍。**故事中，這一場代表高潮戲的關鍵戰役稱為「終極考驗」。**

　　唯有墜落低谷，才能浴血重生。如果要寫重生，就必須先浴血。**「終極考驗」的設計就是讓我們來看看角色在磨難之後是否蛻變，是否已具備從低谷爬起、從黑夜活到黎明的能力。**終極考驗可看成主角的期末考試，讓他能通過考驗來「證明」自己是否變強了、變好了。這裡要證明的除了外在能力，也包括心智、格局、道德等素質。

｜更高的精神維度與哲學層次的終極考驗

　　《黑暗騎士》是導演諾蘭的蝙蝠俠三部曲的第二部，是最為人津津樂道的曠世經典，除了華麗邪門的視覺調度與小丑極致病態的表演外，劇本也將超級英雄片拉到一個全新的高度。

　　超級英雄片都是善惡兩極的正邪對抗，《黑暗騎士》如

是，卻丟出了一個英雄在社會中的道德困境，描繪出正義、黑暗、人心三者交揉於一塊兒的複雜維度，書寫出蝙蝠俠與小丑在武力、智性與精神上的史詩對決。

高譚市有兩大正義使者，一是於黑暗中出沒的地下力量蝙蝠俠，二是光明高大上的檢察官哈維丹特，兩造一暗一明作為城市守護者，向邪惡宣戰。恐怖組織找來了令人聞風喪膽、病態瘋狂的小丑來領軍作戰。小丑毫無原則，擅長玩弄人心，掀起了更狂暴的反叛巨浪，搞得城市一片狼藉，人心惶惶。

許多人開始模仿蝙蝠俠的行徑，搞到社會更加混亂。群眾把無助的憤怒轉嫁給蝙蝠俠，怪他是邪惡勢力反撲的源頭。他為了正義賣命，反倒被怪罪為暗黑力量，使他陷入善或惡、做或不做的兩難。

這獨特的、專屬於他的設定與困境，也成了他在最後必須面對「終極考驗」。

在超級英雄電影中，最後的終極決戰就是英雄與大反派的驚天一戰，贏則拯救宇宙，敗則被邪惡統治。《黑暗騎士》不免俗也是一樣，但其設計的終極考驗與決戰則拉到了更高的精神維度與哲學層次。

故事中，走暗黑路線的蝙蝠俠與光明形象的檢察官哈維丹特分進合擊，卻都中了小丑的詭計，導致都失去他們最愛的女人瑞秋，他們都面對失去愛人的悲痛。面臨同一個考驗，卻有著截然不同的回應。

哈維丹特沒走過這段傷痛，在小丑的慫恿操弄下成為了惡棍。原本是高譚市的光明符號，如今成為用硬幣正反面來偏執

行惡的雙面人。他沒通過考驗，在試煉中崩壞。

蝙蝠俠面臨更加嚴重的痛苦，痛失愛人外，還被社會大眾標籤為搗亂者。他一度自責與自疑，疑惑喊著：「高譚市需要一個英雄，我卻害他們被炸死！」有著金剛不壞之身的他，在戰鬥中失策，還被輿論搞到懷疑人生。

但，心智一度動搖崩毀的蝙蝠俠身邊則有導師扶助他產生裂口的靈魂。管家阿福諄諄教誨，這城市需要一個符號，需要一個正義的象徵。

蝙蝠俠沒有倒下，帶著痛失愛人的傷心和質疑與小丑進入最後的一場大戰。小丑安排了一場大型社會實驗，在兩艘船上放置了炸彈，分別載著一船民眾與一船罪犯。兩邊各有一支遙控器，先按下的人，另外一艘船就會爆炸。小丑想證明人性是惡的，禁不起考驗。

這一場決鬥的複雜度遠超過武力，蝙蝠俠所要面對的除了眼前的敵人外，還有人類內心的茫然，對善的堅持與對公義的信仰。

┃真正的頓悟，需要通過考驗來證明

角色真正的頓悟與成長不是嘴巴嚷嚷，觀眾更需要從行動中去確認，蝙蝠俠固然可以講段撼動人心的獨白了事，但那不夠，而必須要讓他**在備感壓力衝擊的情境中去選擇與行動，並透過選擇與行動來做出最後的反擊**。一切攸關人性軟弱與迷惘的故事中，最後都會有一場戲，讓觀眾知道，也讓角色自己知

道,他已經是個不一樣的人了。

《黑暗騎士》裡船上的人們做出了良心的抉擇,蝙蝠俠也將小丑給制伏,在一般的英雄片中,故事就此結束。但本片中,屬於主角真正的「終極考驗」才正要開始。

狡猾的小丑早就安排了一段蝙蝠俠與雙面人哈維丹特的對決。這位曾是光明象徵的檢察官,如今成了不折不扣的罪犯。若是蝙蝠俠宣告將他繩之以法了,眾人將知道即便如此光明正向的檢察官都被邪惡給收編了。屆時,唯一光明的象徵符號都將覆滅,城市的人們只會更絕望。

蝙蝠俠面臨的終極考驗是,他是否要保留哈維丹特的光明形象,自己扛起所有的罪惡?或是,他公開真相以求自身名譽,但從此人們對正義僅存的希望都將蕩然無存。

他做了一個決定,擔起所有的罪疚,以黑暗騎士之名替哈維丹特承接殞落的英雄之名,讓哈維丹特的光明形象永存人心。他則背負著惡者的名號,帶著正義的使命遁入黑夜裡。

┃終極考驗該是什麼?端看角色的生命課題

蝙蝠俠在終極考驗中展示了不凡的英雄格局,而終極考驗該是什麼?端看角色的生命課題。

在《金法尤物》中,女主角面臨的生命課題是能否找到自我價值認同,能否從渣男前任給予的貶損與分手傷痛中走出來,於是編劇最後給她的終極考驗是前男友回來請求復合。若是她答應了,則代表她依然得依附他人的肯定來認同自己;若

她瀟灑拒絕，則代表她成長了，通過了考驗。

　　《全面啟動》中，李奧納多在出任務的過程同時得面對心魔，他的生命課題是要從前妻之死的罪惡感與傷痛中走出來。電影的高潮除了最終的武力決戰外，李奧納多獲得與前妻面對面開誠布公的終極考驗，對方用盡各種柔情要他留下。他可以留下來，選擇永遠耽溺回憶，或是選擇離開，宣告他已處理完創傷與罪疚，準備好要往前了。

　　在《逃出絕命鎮》等殺戮電影中，終極考驗是能否逃出敵人的追殺；在《魔球》等運動勵志片中，終極考驗是最後的冠軍決戰；主角不見得要在終極考驗中通過試煉，也可以失敗。《斷背山》的終極考驗是有情人能否跨越社會框架的控訴而終成眷屬，但他們失敗了；《海邊的曼徹斯特》的終極考驗是男主角能否繼續照顧姪子以顯示他療癒成功，而他也失敗了；《花漾女子》的終極考驗則是那場最後的復仇，女主角卻命喪黃泉……

　　如本書提及的，是一個人的選擇證明了你是誰，終極考驗便是那一道期末的選擇題。人生中，我們也總在各種考驗中認識自己、肯定自己、推翻自己、質疑自己。**我們每一次的重大抉擇，都是黎明前最黑的夜，期待就在這一次的決戰過後，出黑暗，入光明。**

為了回家，今天上路！
《小太陽的願望》啟程的召喚與回歸的獎賞

　　《小太陽的願望》是一部溫馨可愛的喜劇公路電影，獲得第 79 屆奧斯卡最佳原創劇本獎。**公路電影是一種故事類型，描述主角們因故要從 A 點到達 B 點展開的一場公路旅程，**同行的人們共同面對路上的光怪陸離，抵禦難關的同時也彼此撞擊，在衝突中游移於對立與親密，在面對截然不同的外在環境下整理內在的生命困境。

> 　　公路是一個讓人接受外在衝擊再反過來探究內心的舞台，一路上的風景固然重要，但風景與事件給人的影響才是故事的核心。

　　公路旅程帶給人一種掙脫束縛後的自由，讓人流浪，讓人沉思，讓人犯錯，讓人跳脫原本環境去找新的心境。角色不只面臨空間的轉換，也是生活面貌、心境上的轉換。人們總是先出發，後回家，並帶著一個不同的自己。

　　公路電影就是人生的縮影，或說人生就是一場數十年漫長的公路旅行，我們都在前往終點的路上不斷經歷旅程中兩個最動人的時刻——啟程與回歸。

啟程的「召喚」與「拒絕召喚」

故事中，一家六口聚集了各種失敗者：篤信成功學卻賣不出課程的魯蛇爸爸、陰陽怪氣想當飛行員的哥哥、自殺未遂剛出療養院的舅舅、吸毒的爺爺、相對正常些但有菸癮的媽媽、白白胖胖想要參加選美的小女兒。故事開頭，剛出療養院的舅舅住進他們家，一家人在餐桌上吵吵鬧鬧，互相埋怨，家庭不睦。尤其是爸爸，更是以激勵人心的成功學來苦待他人，包括想參加選美的小女兒。

就在大家吵吵鬧鬧時，小女兒接到一通電話，告知她獲得了最後一張參加兒童選美比賽的門票。小女兒對此心心念念已久，歡欣雀躍想要參加，但前往比賽現場的路途遙遠，需要數天車程。爸爸不想前往，一來懶得開車，二來更想把時間拿去接洽工作，兒子對此也意興闌珊，更不想單獨陪伴剛從療養院出來的舅舅……

總之，感情不睦的一家人中，許多人根本不想出發。經過短兵相交與協調之下，唯一能讓小女兒一圓選美夢的折衷方案，就是全家一起開車上路。一家人這才吵吵鬧鬧地啟程，踏上這一條公路之旅。

啟程，上路，這是人生的隱喻，也是公路之旅的開端。要寫啟程，必須要先建構兩件事情，角色的平凡世界，與召喚。所謂的平凡世界，乃指角色原本的處境，是主角尋常的舒適圈，是一個即便不完滿、也不至於讓他們迫切想逃離的狀態。

在平凡世界中，角色為何會想從舒適圈走出去？這時，就需要一個旅程的「召喚」。召喚可能是一個機會、一個邀約、一個天啟或衝動，誘使甚或逼使角色踏上旅程。

> 召喚像是一個命運的邀請，邀請主角跨出同溫層，宣告該是時候冒點險，做些改變了！

面對召喚時，往往主角會先「拒絕召喚」，或是出現一個「門檻守衛」來勸服你不要出發。主角受到召喚時常常都無法順利啟程，有時是自我懷疑，甘於平凡的舒適圈而不願意接受改變。有時則是他人不希望我們冒險，出言勸戒制止上路。人在現實生活總是安逸於現況，無論是出自內心或他人之口，總會有個聲音叫我們別輕易嘗試。

例如你想要脫離安逸的生活去創業、去築夢，但可能放棄了原本的穩定生活，相信你內在會有聲音制止你，身邊也會有人勸你不要衝動。**人從來都不是容易啟程的，在收到召喚時，先本能拒絕或是遇到外在阻撓，這完全來自於人安於現狀的天性。**

《小太陽的願望》中，他們一家受到選美比賽的「召喚」，起先一度有了拒絕召喚的衝動，即便時間短暫，但這片刻還是需要的。父親與兒子因為不想出發，路上才會不甘不願，這埋下了衝突的種子，也鋪陳了改變的可能。先是不甘不願，到後來的心甘情願，中間才有故事發生的空間，也在最後回歸得到獎賞時顯得格外動人。

收尾，帶著「獎賞」回歸

公路電影要收尾的方式有多種可能。其一，主角到了新的地方落地生根，安身立命；其二，主角完成旅程後，前往下一段新的旅程；其三，主角在公路之旅的最後命喪黃泉，華麗的犧牲與悲劇性殞落；其四，也是最常見的公路之旅的收尾，角色們帶著滿滿的收穫，起身回家。

在英雄旅程的理論中，這稱之為「回歸」，且角色往往會帶著「獎賞」回歸，意即給他們勇敢跨出舒適圈踏上冒險的一個回報。在尋寶類的公路電影中，獎賞可能是實質上的寶物，在傳統的英雄神話中，獎賞往往是抱得美人歸。在一般的公路電影，獎賞更常無關物質，而是某種心靈上的富足。

《小太陽的願望》的開始，爸爸以嚴厲的成功學苛待大家，一家勉為其難上路。路上，爸爸的工作被打槍，自己的成功學自己都開始不信、療養院出來的舅舅碰到老友而自慚形穢、吸毒的爺爺猝死、他們從醫院偷走爺爺的屍體、哥哥發現自己是色盲永遠無法當飛行員……在最後對著全家怒喊：「我根本不想和你們是一家人！我痛恨你們！破產、自殺，你們根本他媽是一群失敗者！」

一家五口，每一個人都面臨了自己的靈魂黑夜，眾人在各自的黑夜中發現只有彼此能當彼此黑暗中的光，篤信成功學的爸爸更發現人根本不需要成功才值得被愛。**愛與尊榮，從來無關於世俗眼光下的成功。**

原來，這是一齣探討成功與失敗的故事，他們一家人在重

重阻礙中互相扶持，發現了一家人反倒是在失敗中更能展現真正的接納與擁抱。起先心不甘情不願上路的他們，開始卯足全力讓小女兒能在選美大會上表演。他們有了共同目標，緊緊凝聚在一起。

末了的選美會場，小女兒跳了一支令人啼笑皆非的豔舞，引起台下的訕笑與制止。原本會為此丟臉的爸爸，連同全家一起聲援小女兒，上場跳了一場魯蛇的豔舞。他們根本不管他人眼光，眼裡只有明明不完美卻可愛至極的家人。

在旅途的啟程，他們想要的獎賞是小女兒選美比賽的冠軍獎盃，但在他們搞砸選美比賽、大鬧比賽會場之後，原本想要的獎賞已不復存焉。但一家人毫不在意，在釋放了所有壓力與鬱悶後開心回家，帶著真正珍貴的獎賞——笑容與笑聲、相愛接納彼此的幸福一家人。

獎賞，是獻給每一位勇敢出發的人。

有你，我不孤單

《神隱少女》英雄旅程上的導師與盟友

　　生而為人，出發上路，一路上難免懵懵懂懂，跌跌撞撞，畢竟生命有太多難測的奧秘，沒有人生來就冰雪聰明，總一不小心就迷失航道。好在人生路途上我們會遇到貴人與天使，在我們最需要的時候給予扶助，在我們茫然迷惘時給予知識上、心態上，甚或實質上的幫助，充當我們的嚮導。他們有些像老師，有些像朋友，陪伴我們在旅途中揮霍光陰、一同流浪，又在即將揮霍殆盡時提醒我們要抓緊時光，讓我們於太過廣闊而令人迷失的蒼茫世界中抓住方向。

導師，是英雄旅程中重要的一個元素

　　《神隱少女》是宮崎駿的經典動畫，獲世界影壇諸多大獎，建構了奇幻繽紛的世界，設計出五花八門的奇異角色，加上腦洞大開的橋段和情節，成為一部如萬花筒般的奇幻故事。但繽紛歸繽紛，奇幻歸奇幻，該劇本的底子是非常古典扎實的，即便外表再華麗，故事得以緊抓觀眾不致迷失，還是遵循了戲劇原理。本文從《神隱少女》中探討英雄旅程結構中的兩個重要元素──導師與盟友。

故事中，千尋是個耍任性、壞脾氣的小女孩。與爸媽在喬遷新居的路上經過一個隧道後遁入奇幻世界。父母變成了豬後，她頓時徬徨無措，在新的迷幻世界中無所適從，無所憑恃。此時，一名叫白龍的少年來到她身邊，給予她在迷途中的第一個指引。一句「我早就認識妳了」揭開兩人神秘命定的連結，他在千尋一無所知時告訴她幾個能在新世界安身立命的關鍵：「在這個世界要活下去，以及解救妳父母唯一的方法，唯有工作！」

工作，成為了千尋在戲劇中的主要行動，這是白龍教會她的。異世界中，沒有工作的人會變成豬，會變得透明，工作是保持生存與存在的方式。原本愛胡鬧的千尋，為了救回爸媽和回家，勉為其難地去湯婆婆那兒做著各種光怪陸離的工作，面對令人眼花撩亂的怪事怪人。好好工作，不僅是生存之道，也是直搗千尋自身的人生課題。

白龍也提醒千尋不要忘了自己的名字。在本片中，名字、身分、我是誰，是出現在很多角色中的母題。愛撒嬌生氣耍賴的千尋，踏上的是找自己的旅程，而白龍在此作為一名導師來傳授她許多寶貴的提醒。

導師，是英雄旅程中重要的一個元素。

角色在踏上未知的旅程時，他是軟弱的，是無知的，是內在的能量尚未被開發的狀態。此時，「導師」的出現會讓主角在茫茫路途上有所依循，成為黑暗中的第一道指引。

導師能給予主角的扶助有多種可能性。可能是「知識上的教導」，如《綠野仙蹤》中桃樂絲被吹到仙境後，告訴她仙

境規則的女巫；導師可能是給予「物質上的贈禮」，例如《星際大戰》中歐比王給主角一把光劍，傳遞了原力信仰，這成為他往後神擋殺神的基礎；導師也可能給予一個「精神上的啟發」，如《蜘蛛人》叔叔對蜘蛛人講的那一句「能力越大，責任越大」，使他得以面對內在心魔，好好面對當英雄的天命。

導師在主角茫然時提供理性的聲音與正確的方向。一個人能蛻變成英雄，生命中都會遇到一個導師。而導師作為主角的貴人，在故事中時常會死亡，這可能是肉體上的死亡或是象徵性的死亡，代表的是智慧的傳承。他已交給主角寶貴的禮物了，意謂主角無法再靠人照應，得憑一己之力去對抗人生的難題。導師的死亡更提供主角一個強烈的情感動機，在最後走向高潮時帶有更強烈的使命感與非贏不可的決心。

白龍就面臨許多故事中的導師會遭遇的死亡。他在接近尾聲時渾身是傷，滿身血，失控撞牆，奄奄一息離死亡只剩一步之遙，這讓千尋產生極大的情感動機，隻身擔起拯救責任，離開自身的工作環境去救他。

人在軟弱無助時遇見了導師，並在導師實質或象徵性的死亡時擔起了責任，證明進化完畢。

此時，白龍不只是千尋的導師，更成為了互相扶助的「盟友」。

▎主角成長路上的推動者或見證者

盟友，是旅程中一起走一段路的人，他們多半也不完美，

和主角一樣有性格弱點，像是《綠野仙蹤》中的獅子、稻草人、錫人。盟友們與主角一起帶著各自的殘缺在旅程中牽繫相連。當我們寫各種盟友時，可以參考原型人物，《綠野仙蹤》裡的角色則是很好的參照範例，他們分別展示出勇氣、創意、聰明感性等特質。設計盟友的時候，切勿讓他們同質性太高，反倒要讓他們擔負起截然不同的人物原型，讓他們在異質性中互補。

盟友多半和主角有相同的目標，但仍要讓主角來推動故事，盟友僅僅相伴在旁；盟友的能力不能大過主角，僅僅就是主角的綠葉，有時負責插科打諢、有時給予關鍵提醒、有時與主角衝突打鬧；在電影的篇幅中，盟友多半自己不會經歷成長（但在影集中，因為有足夠篇幅，每一個人都有成長空間），主要仍是主角成長路上的推動者或見證者。

《神隱少女》中，千尋碰到的大寶寶與無臉男都屬於英雄之旅中的盟友，他們自身的問題甚至大到還需要千尋去幫助他們。但即便反過來造成麻煩，最重要的是，他們在那兒，陪她走了這一段路，伴她走向領悟。原本是千尋導師的白龍，已悄悄從導師轉換成憂戚與共的盟友。當時，他給了她光；後來，換她要去拯救他了。兩人彼此疼惜扶持，多麼像愛情呀。最後，白龍帶千尋找到回家的路。

這名起先軟爛的小女孩，墜入奇幻之境後，遇到導師的指引、在盟友的相互交流中、在反派的刺激與壓迫下，終於變成了一個勇敢、有責任感、認真面對人生，要為愛奮戰的人了。

英雄旅程中的盟友、導師、敵人，都是人生的過客，但都建構了我們的人生，改變了我們的航向，恰如無臉男在列車上對千尋說的：「人生就是一列開往墳墓的列車，路途上會有很多站，很難有人可以自始至終陪著走完。當陪你的人要下車時，即使不捨也該心存感激，然後揮手道別。」

最美的故事，曾在那發生
《天外奇蹟》三幕劇簡論

　　本書〈PART 2〉講述了許多故事中的高光時刻，而這些所有的高光時刻都是一塊塊拼圖，目的是拼湊出一個電影故事的圖像，邁向故事結構中的顯學——三幕劇。

> 　　三幕劇是一種說故事的結構。結構是將各種發生的事件組織成情節，構成一個敘事的邏輯與脈絡，讓角色在脈絡中清楚呈現每一段重要的轉折，展現出一條清晰的戲劇曲線。結構有無窮的形式，理論上端看作者創意。但放在商業片的框架下，結構就有其依循標準。

　　故事有很多種說法。古典好萊塢時期，電影人發現有些說故事方式最能獲得觀眾青睞，於是在市場淘汰機制下漸漸去蕪存菁，統整出一種最受歡迎的敘事結構，歸納出了三幕劇。故，三幕劇從來不是被學術界給制定的，乃是市場機制淘汰下的產物，是**一種最能給予觀眾愉悅滿足的市場導向下的說故事方法**。深究下去，三幕劇會成為顯學是因為**它的內核與人的生命相互映照，憂戚相關，並滿足人類潛在的欲望**，絕非單純結構上的數學問題。

本文以《天外奇蹟》為例，從外部行動與內部行動來看一下三幕劇的內涵。

從外部行動來看三幕劇故事

《天外奇蹟》講述一名老人卡爾結識一名小胖弟，在深愛的妻子過世後，為了履行與愛人的承諾去完成一場驚心動魄的冒險。故事描述他在路途上遇到許多盟友，產生了心理變化，進而放下執念的療癒之旅。

我們先從「外部事件」的角度來切入看看本片的三幕劇編排。

在第一幕中，編劇「鋪陳」他的平凡世界，帶出角色面臨的課題與軟弱。

卡爾自小結識了未來相伴一生的愛人，兩人夢想是前往仙境瀑布。只是時光荏苒，他們都老了卻終其一生沒有冒險圓夢。妻子過世後，卡爾孤單寂寞陷入思念。建商與政府要將他帶走，他不想離家，充起了巨大的一叢氣球將充滿回憶的屋子騰空飛起，任由氣球與氣流帶著房子飄蕩，在他年老孑然一生時，展開了一生夢寐以求的冒險。

故事自此轉入第二幕，他要為了夢想去「對抗」路上遭逢的一切。

過程中，他結識了一路結伴同行的盟友，一個小胖弟、一條狗、一隻珍奇異獸大怪鳥。他們先是飄蕩了一段五彩繽紛的可愛旅程，故事中段遇到了那名傳說中的冒險家。卡爾驚喜萬

分，與小胖弟前往參加他的冒險博物館，裡頭盡是各種珍奇異獸的骨頭標本，原來，這位冒險家根本是個殘忍的狩獵者。共餐時，這位偶像不再和藹可親，成為了虐殺動物的大反派，且下一個狩獵目標就是他們的朋友大怪鳥。他們惹上了麻煩，準備帶著大怪鳥逃離追捕。

在第二幕一路對抗的過程後半，卡爾面臨到天人交戰，為了救大怪鳥，他必須要捨棄自己的房子。他必須在相伴的朋友與充滿回憶的房子間二選一。他選了房子。大怪鳥被反派抓走，即將被做成標本。

小胖弟以他為恥，讓卡爾難過不安，他只是想要守護這個家呀！在第二幕的對抗過程中，卡爾做出了他的選擇，堅守過去的回憶，卻失去了珍貴的友誼。他進行了一段天人交戰，在老舊相簿上看到愛人對他寫的話，「謝謝你這段旅程的陪伴，去展開新的冒險吧。」愛人在此擔任卡爾的「導師」角色，讓他心靈上產生頓悟。卡爾做了一個決定，前往救鳥！

自此，在他決定前往救鳥的這一刻，第二幕轉入了**第三幕。最終，他解救成功，「解決」了捅下的婁子，解決了所有麻煩。**

若從外部行動來看故事，三個階段分別是「鋪陳→對抗→解決」。

故事會先「鋪陳」角色的平凡世界，勾勒他原本的平衡狀態，描繪他的欲望和性格弱點。一個觸發事件發生，打破了

原本的平衡，使角色陷入混亂，他受到召喚後出發了，此時踏入了第二幕；在第二幕中，他要「對抗」一切的混亂，在路上遇到許多的衝突險惡，且越演越烈，他會不斷碰壁，直到發現問題所在，找到了對的方法，此時他邁入了第三幕；在第三幕中，他要「解決」外部問題，搞定所有的麻煩。最後，主角會達到一個新的平衡狀態，世界再次回歸太平。

以上，是角色在外在呈現出的事件，但在每一個外在事件中，角色內在也發生了三個階段的改變。以下則從角色的內在旅程，結合本書前面提及的各種高光時刻，重新拆解一次《天外奇蹟》的故事。

從內在旅程來看三幕劇精神

第一幕轉入第二幕的切分點，老爺爺卡爾做了**一個「錯誤決定」**，執意要去圓一個與愛人的夢想，這本身當然不是什麼錯誤，有問題的地方是他前往仙境背後的執迷，他想要永遠耽溺回憶，死守這承載一切回憶的房子。因為這份執迷，導致他在圓夢的路上看不到任何其他的人與價值，包括友誼。

第二幕中，他為了前往仙境瀑布義無反顧，最後在營救朋友與房子時，選擇了房子。直到大怪鳥被抓走，他發現耽溺執念的代價是會害死人，甚至失去了未來一切的可能性。

他「**認知**」到了這件事，並且**為此做出了反省與悔改**，即我前述的道歉時刻。他更在看到愛人要他勇敢前往新的旅程時，承認了自己的錯。

第三幕,他前往救鳥。但需要充當飛船的房子太過沉重,他把裡頭充滿相處點滴的所有傢俱丟出家中,讓屋子輕盈起來。他將所有傢俱丟出去的舉動,意味著丟掉回憶,放下執迷。唯有在他真正放下時,才能真正飛翔。最後,他成功營救了大鳥,帶著新的夥伴與友誼,準備輕盈迎向未來,**完成了他的「救贖」。**

從內在旅程來看,三幕劇的精神是「犯錯→認知→救贖」,而這才是三幕劇的精華所在。

第一幕,在觸發事件發生、攪亂一池春水後,故事在角色做出錯誤決定後從第一幕走向了第二幕,轉折的核心精神是**「犯錯」**。因為犯錯在先,才會有第二幕的混亂。外部世界的混亂都是起因於角色的「錯」與「選擇」,他才需要為此負責;第二幕中,角色可能會享受到虛假勝利以為一切要變好了,之後急轉直下,角色付上慘烈代價,靈魂黑夜後走進道歉時刻。此時,角色會**「認知」**到自己的錯,蛻變成一個全新的自己,自此故事轉入第三幕;在第三幕中,已經說過對不起的角色帶著全新的體悟,去解決外在的問題,進而找到**「救贖」**。

一切的錯誤,為的是通往救贖。

卡爾面對的人生的課題,以二元對立的形式來解析即「放

下過去」對抗「緊抓過去」，亦可詮釋為「往前走」對抗「耽溺過往」。這是他必須跨過的檻，是人生必須追尋的大哉問。

最後，他窮盡力氣救回了朋友，把握住了當下和未來能擁有的，卻眼睜睜看著承載一切回憶故事的房子飛走了，隱沒於雲海中。

但，真的捨棄了過往的愛嗎？卡爾最後悠悠說了句，「沒事，就只是個房子罷了。」家，從來不是一棟建築物，不是一個強加象徵的物體。真的家與愛，是存放於心底，永遠無法隨風飄走的生命記憶。

擁有了朋友，擁有了未來，同時心裡依然保有那份美麗珍貴的回憶。第三幕中，卡爾得到了「救贖」。愁眉不展的他，懂得往前，懂得笑了。

原來，孤單寂寞從來不是來自於現實，而是來自於內心的執迷。他失去了房子，卻意外擁有了一艘更大的飛船。那座房子，最後坐臥於雲海中的岩壁上，孤獨地在那兒，但並不寂寞。因為最美的故事，曾在那兒發生。

我就是我自己的神
《永不妥協》三幕劇背後的意識形態

承上篇《天外奇蹟》簡述了三幕劇的架構並由外在與內在來切入解析後，本篇來談談三幕劇背後的意識形態。

> 說故事的方式，形構故事的發展邏輯，這和作者的價值取向和意識形態是緊緊相關的。你怎麼看待世界，就會有怎樣的故事走向。觀眾願意相信怎樣的世界，就決定了他們喜歡怎樣的說故事方式。故事的結構，本質取決於人類世界的結構。

或許，三幕劇會成為結構上的顯學，會從眾多的說故事系統中脫穎而出並非巧合，而是可以預期的。三幕劇絕非只是數學公式的操作和機械式的分段而已，其內涵深邃，蘊含著人類的集體願望。

三幕劇的運作方式

我們從《永不妥協》來看三幕劇的運作方式，和如何體現結構背後的世界觀。

此片改編自真人真事，也是一齣當代的女性英雄旅程。女主角艾琳是一位帶有三名孩子的單親媽媽，且面臨失業危機和交通官司敗訴後的財務危機。她必須工作，母兼父職地去律師事務所擔任檔案管理員，意外發現有黑心大企業在小鎮排放重金屬毒物汙染水源，造成許多慢性癌症受害者。

　　在第一幕的尾聲，她做了一個決定，要展開追查大企業，即便要暫且擱下孩子與愛人也要往虎山行。

　　第二幕中，她不斷尋訪各方受害者，蒐集得以揭發惡行、一舉扳倒大鯨魚的關鍵性證據。她在過程中，撕掉了屬於女性形象的柔弱、順服、被動、浪漫等標籤，邁向成為一名不畏強權、不輕易妥協的正義使者。

　　無奈要扳倒大企業根本難如登天，身為女性的身分也讓她的生活與工作上更加混亂。她將所有時間投入查案而冷落了孩子與愛人，即便在外當勇者，回家仍需要一個溫柔的擁抱，但愛人卻說著：「要嘛妳換個工作，要嘛換個男人！妳加了薪水，可以找保母了，不需要我了。」她回不去原本的生活了，欲哭無淚只得更加投入正義的使命，為了更高的價值而犧牲了生活的其他面向。只是工作上她除了查案瓶頸、苦無關鍵證據外，老闆也想把一切功勞攬走，她痛苦大喊：「那是我的工作！我的血汗！還犧牲了和孩子相處的時間！」

　　在第二幕的尾聲，她最大的靈魂黑夜來自於當她一心一意投注於工作時，與小孩和愛人的關係卻越來越遙遠了。更諷刺的是，她不但找不著一刀斃命的證據擊敗黑心公司，還花用從他們那兒得來的和解費治療母親的病。

在當代的女性英雄旅程中，女性要踏上的英雄之旅往往背負著比男性更多也更複雜的重擔。對外、對任務，她要呈現出剛烈、堅強、勇猛的人格特質；對家庭、對情感，她要整合女性被期待投入的責任、親子關係、溫柔特質；對理想、對靈魂，她還要兼顧內在對自我認同、正義感的需求。

這三方面一旦沒有整合好，角色就會陷入混亂與痛苦，女主角艾琳失敗了。其實這頗符合真實世界的樣貌，小人物確實打不過大鯨魚，螳臂無法擋車，隻手遮不了天。但**三幕劇是給人盼望的，告訴你人定勝天，告訴你就算跌到了谷底深淵，只要重新調整心志，便能靠意志來個再出發，來個撼天動地的逆轉勝。**

艾琳在第二幕尾聲氣力放盡後，又遇到了一次可以獲得關鍵證據的機會。她沒有懷憂喪志，再次昂揚熱血，以永不妥協之姿做出最後的困獸之鬥。這一次，她隻身前行的勇氣擊垮了黑心大企業，其賠償金成為當時直接訴訟案中最高的歷史紀錄。

故事最後，她事業成功了，理想達到了，孩子與愛人重新回到她的懷抱。她的正義、善良、執著與勇氣給了她回報。

｜體現結構背後的世界觀

三幕劇的核心精神是角色的改變，核心的轉折是人物做出錯的與對的決定。

它隱含看待世界的態度是，人類有自由意志，可以自主做

出有意義並會改變人生的選擇，相信人能改變自己，亦能改變世界。即便我們往往很笨，時常錯得離譜，但任何時候只要我們忽然懂了，就能再一次出發，與天地抗衡。

這或許稍微違背我們的人生經驗。大部分的日常人生，我們的選擇鮮少撼動天地，更受到太多先天條件與後天環境的制約，導致力有未逮。人定勝天四個字只是禁不起考驗的心靈雞湯，至於認罪、悔改、轉變？更是難上加難。希臘悲劇就瀰漫著這股悲觀主義，但三幕劇對人類是樂觀正向的。

其最正向樂觀的點在於我們的選擇是有效的，是真實能改變些什麼的。第一幕轉入第二幕代表了人可能透過「選擇」而搞砸，第二幕轉入第三幕則展示了人可以透過「選擇」來挽回頹勢。人自討幻滅，也可以自尋救贖。我們的自由意志強大到能夠拆毀基因、成長環境、社會體制、原生家庭施加給人的無形枷鎖。只要有一顆樂於悔改與堅強的心志，便能逆轉困局，反擊成功。

三幕劇告訴我們的就是人能克服缺陷，無論是生理上或心理上的。《王者之聲》中，男主角有嚴重的口吃，他成功克服並完成最後演講，背後意識形態是人能跨過童年創傷與戰勝疾病的；《腦筋急轉彎》中的女主角樂樂改變了內心的謬誤；《淑女鳥》的女主角修復了與朋友和母親的關係，它闡述的是撕裂的關係是能和解的；《天外奇蹟》中的老爺爺丟下了房子，迎向了未來，它顯示了人是可以向前走的；《魔球》中的男主角帶領球隊獲得連勝奇蹟，它論證魯蛇是可以翻身的……本書約莫一半以上的片單都屬此類，其意識形態都是**人可以透**

過改變自己來改變外在環境，人的選擇可以決定命運。

但是三幕劇仍有一些變形，人們在頓悟後想要挽回局勢卻沒有成功，這類變形的故事比較悲觀，會於之後分析《海邊的曼徹斯特》與《花漾女子》的文章中闡述。

行文至此，三幕劇何以受歡迎，應該就不難想像了吧。自由意志、人定勝天、相信選擇、有能力變成一個更好的人，這些當是人們普遍的心願。更勵志的是，《永不妥協》這充滿熱血理想與樂觀正向的故事，並非只是廉價的心靈雞湯，而是改編自真實事件。

人生不只三幕，但永遠可以再出發。

死期將至，執迷不悔
《社群網戰》希臘悲劇結構

　　前面文章已提及，當一個角色不再怨天尤人，承認並承擔自己的過錯後，他就即將走出迷宮、找到真愛、打敗巨龍、回到了家。**「對不起」象徵的是角色改變，對不起的距離就是英雄旅程的里程數。**

　　但也有一些故事的主角是不說對不起的，他們始終如一、執迷不悔，他們一路到底，永遠不回頭。他們在故事中抓緊了一個終極目標而貫徹行之。這些角色未曾頓悟些什麼，但往往，他們在故事結尾會付上一個代價，成為觀眾的警惕，讓我們知道，原來不說對不起的下場是這樣，這達成了亞里斯多德在《詩學》中所提的**憐憫與恐懼效果。觀眾憐憫角色的墜毀，恐懼自己也會遭逢相同境遇，讓觀眾在角色的崩壞中，得到昇華與滌淨。**

┃「希臘悲劇」的故事結構

　　「21 世紀最佳 101 劇本」中《社群網戰》獲得第三名，更得到當年奧斯卡的最佳改編劇本獎。本片改編自臉書創辦人祖克柏的創業故事，一位個性偏狹的理工宅男為了復仇，展開一

場充斥著金錢與背叛的旅程，成為世界上最年輕的億萬富翁，更創下了社群網站的世界紀錄。本片明明是一位成功創業的人生勝利組的故事，卻是屬於「希臘悲劇」的故事結構。

讓我們看看《社群網戰》和希臘悲劇有什麼關係。故事裡，飾演祖克柏的男主角第一場戲就被女友給甩了，對方臨走前摺下一句狠話：「你以為女生不跟你談戀愛是因為你是宅男書呆子？不是，是因為你是混蛋！」男主角不甘被甩，自認被羞辱，怒火中燒的他想要反擊，給對方懲罰、讓對方後悔，於是開始貫穿整齣戲的復仇之路。

他先成立了一個網站專門對女性品頭論足、打分數、排名次、講壞話。這就是臉書起初成立的動機與模樣，是他為了復仇的產物。該網站能讓人們的資訊彼此連結，其未來商機價值引起他人興趣，一對快艇兄弟找來男主角成立了哈佛網，起先只是把他當程式設計師用。但男主角要的不只如此，更企圖成為龍頭主導。畢竟，這網站搞得越大越成功，他就越能證明自己，讓甩了他的女生後悔。

一開始他就碰壁了，因在網路羞辱女性被學校懲處。但**希臘悲劇的主角絕對無懼困難，他們都是偏執狂，都是瘋子！**他先是竊取了快艇兄弟的點子，繼續認識結交更有力量與財富的夥伴。

達成目標的執念大過一切，他越發不擇手段，那些有革命情感的朋友、對他有莫大幫助的投資客，一個一個地被他背叛，成為用過即丟的墊腳石。他不要分享榮耀，不需要朋友，只要獲取資源，終於獨霸擁有了臉書企業。他的外在目標成功

了。他從第一分鐘就展現的超強欲望與目標，在最後一分鐘全部實現，成為世界上最富有與最有力量的人。

　　但《社群網戰》中的祖克柏最後怎麼了？關於他一開始起心動念想要報復的女性，他復仇了嗎？挽回了嗎？證明了什麼嗎？在對方心中，只證明了他就是個徹頭徹尾的人渣；而一路上幫助他的兄弟朋友全部認清他的真面目，唾棄他。連幫他處理法律案件的女律師都對他說：「你也不是個混蛋，你只是很用力成為一個混蛋。」

　　戲的最後，他獨自坐在辦公室，花了一整部電影的時間去完成了他的目標與願望，可是無比寂寞、無比可悲。有志竟成，但心靈富足了嗎？還是更加空虛茫然了？

｜希臘悲劇往往只是「一幕劇」

　　希臘悲劇是書寫一個動機強烈、為達目標絕不善罷甘休的角色。該角色會有一個核心的「性格缺陷」（Tragic Flaw），該缺陷注定了最後的悲劇結局。角色在戲的開始就因為某個動機，想要完成某個目標，並在電影的最後一分鐘達到所望之目標，但代價極高，落入萬劫不復之境。

　　在三幕劇中，角色落入萬劫不復之後會認罪悔改，在靈魂黑夜中回心轉意，並在第三幕去挽救頹勢，經歷了終極考驗後終結所有的錯。所以三幕劇萬劫不復之後還有戲，但在希臘悲劇中，到了萬劫不復之境時，故事戛然而止，留下突然惆悵。

前文已將三幕劇的三個階段拆解為「犯錯→認知→救贖」，希臘悲劇則只有犯錯階段，角色便一意孤行走到底，少了認知與救贖的階段。所以，**希臘悲劇往往只是「一幕劇」**。

以希臘悲劇《伊底帕斯王》為例。伊底帕斯王的悲劇性格弱點是偏執地想要找到真相，使他不聽人勸與警告，死都要達到目標。直到最後一刻得償所願，找到真相後才發現那是他承擔不起的。遭受天譴的他付上慘痛代價，自認汙穢不配觀看這世界，挖掉了自己的雙眼。

如果是在三幕劇的操作中，他會悔悟，要給人看的是「人物悔改」；**希臘悲劇的一幕劇結構則是要讓人看「不悔改的角色」**。觀眾從角色偏執的欲望和行動中看到其悲劇性下場，於是從中得到了一個生命的「警示」，原來如果我們如此執迷不悔的話下場會是如何？伊底帕斯王挖掉了雙眼；祖克柏成為一個窮到除了錢什麼都沒有的寂寥男子。

電影中的希臘悲劇結構，還有《黑天鵝》《力挽狂瀾》《噩夢輓歌》等片，他們的主角從一開始就下定決心要完成目標，這份心志不曾變過，貫徹一整齣戲並在最後某方面成功了，但他們下場都很淒涼。《黑天鵝》的女主角從一開始就立志演到芭蕾舞中的黑天鵝角色，她成功了，最後身體和精神卻瀕臨崩潰地在舞台上淌著血；《噩夢輓歌》中的角色們藥物成癮，從起初就嗑藥到最後一刻，毫無覺悟、沒有反省，更無能挽救，在故事末了瀰漫於肉體與心靈的潰爛。

相較於三幕劇的正向思考，希臘悲劇的世界觀偏向宿命

論，它不太信任自由意志，不相信人定勝天，也不相信人有悔改與救贖的可能。有著希臘悲劇原型的《寄生上流》中的主角也是要對抗貧窮與富裕的藩籬，但所能做的不過混進上流之家過過乾癮，面對貧富差距所釀成的悲劇根本毫無能力抗衡。他們所能做的事情不過是毀人與自毀，最後將自己沉淪至黑暗潮濕的地下室。人有自由意志選擇脫貧嗎？看來並沒有，一切天注定，人類無力回天，只有被老天玩的份兒。

無法覺醒，就是最大的悲劇。

到不了的星球

《海邊的曼徹斯特》《花漾女子》
角色的進化與退化

　　我們都想要變好。少一點淚水，多一點歡笑。少一分懦弱，多一分勇敢。我們在人生遇到過太多次的契機，卻並非每一次都能抓緊機會，扭轉局勢。時常，我們在生命中看到一顆令人心神嚮往的星球，那裡有更美的世界，能容納更美的自己。我們啟程，脫離地表，朝著星球勇敢飛去，然後在前往的路上發現一件殘酷的事實——有些星球，真的到不了。

▏人生並非每一次都能抓緊機會，扭轉局勢

　　《海邊的曼徹斯特》獲得第 89 屆奧斯卡最佳原創劇本，故事男主角是一名頹廢壓抑的清潔維修員，他在摯愛的哥哥去世後走不出憂傷，回到海邊的曼徹斯特處理後事，根據遺囑必須成為姪子的監護人。姪子想要留守家園，但男主角想要離開這傷心地，他在這裡曾因糜爛而釀成大火，害死了三名孩子，與愛妻離異，也摧毀了與鎮上每一個人的關係。

　　戲的一開始，他在酒吧動手打人，是個消極無為，充滿性格缺陷的邊緣人。直到哥哥往生，他被迫擔起責任，幫忙處理

後事，根據遺囑得當青少年姪子的監護人。在悲傷懊悔中，他積極逃避任何親密關係與責任，疏離地看待一切。

但姪子的到來即便起先動輒口角，卻也讓他因為有事了、有責任了，而慢慢地振作起來。他願意嘗試留在曼徹斯特照顧姪子，也終於跨過心魔去與其他女人約會，一度與姪子和其女友一同出遊，開始走入生活體驗人生了。在本劇，故事的外在行動是他要照顧姪子，內在行動則是他努力擺脫痛苦。無論他是敞開心門去試著參與了，抑或遁逃躲避起來，都是他在努力克服憂傷的方式。

一件事再次將他打落了谷底。他路上巧遇前妻，知道前妻即將與新婚丈夫生下一子，這將他拉回那些破碎、痛苦、不斷失去的回憶畫面。看著前妻已經往前走，他更難輕易原諒自己。這些痛苦豈是一句瀟灑放下便能真心釋然？他回到戲一開頭的狀態，又在酒吧打架鬧事。他想改變，但改變未遂。他沒有勝過悲傷，是悲傷勝過了他。

本戲有一段非常感人的「道歉時刻」，好不容易和姪子建立起愛與友好的關係後，他找來了姪子告知他已經找了新的監護人，他終究無法待在曼徹斯特。姪子訝異難過，質問難道不想照顧他嗎？男主角只是坦承：

「我走不出去，我很抱歉。」（I can't beat it, I'm sorry.）

多麼雋永的道歉時刻，想要堅強的他，為了高估自己療傷的能力而道歉，他必須先回到原來憂傷的狀態，或許再待好一

會兒，花點時間憂傷，然後再站起來。只是現在還不是站起來的時候。他做不到，就是做不到。

兩種角色的改變路徑 —— 進化與退化

> 故事中最重要的是畫出角色弧線，即角色從起始點到終點的路徑，他們的人生觀、價值觀與行為模式都會隨之改變。

《海邊的曼徹斯特》畫出了一條既勇敢又憂傷的角色弧線，在陳述之前，我們先來看一下兩種角色的改變路徑 —— 進化與退化。

第一種狀態「進化」可謂故事中的大宗，角色會成長，蛻變成更好的模樣。本書提及的大部分故事，尤其是三幕劇，皆是在寫角色的進化與成長，只要覺醒與努力，難題都能被戰勝。三幕劇中的很多機制是先退化墜落，而後重生再啟，例如在《辣妹過招》中，我們便是看著女主角一步步走錯了路導致眾叛親離，在失去所有並感到空虛自責後才回心轉意，一個卑鄙的女孩開始擁有一顆包容與善良的心。

第二種改變路徑則是「退化」，希臘悲劇即走此路線。角色一路執迷不悟，沒有擊敗自身缺陷，反倒讓缺陷更加地放大，落得最後悲劇的下場。本書提及過的「負面主角」屬於此類，他們絲毫沒有處理性格缺陷的自覺，他們就是擺爛無為，毫不羨慕能有一個高貴的人生，且多半落得令人不勝唏噓。

《鳥人》與《社群網戰》都是走這條退化的路徑，從戲的一開始就一路墮落。

第三種改變路徑正是本文所要探討的，我稱其為「功虧一簣」。角色們是想要變好的，也努力脫離低迷掙扎的狀態，他們一度變好了，有希望了，卻終究抵抗不了現實的殘忍，被拋回原本的狀態，甚至更糟。就像《海邊的曼徹斯特》中的男主角，他是想要揮別憂傷的，努力了幾乎大半部片子後，承認了失敗。

這樣的角色弧線展現出人想要改變的企圖與意志，無奈面對天地、體制壓迫、童年回憶、創傷與悲傷時，還是難以跨越。甚至，自身性格缺陷也如影隨行，在關鍵時刻捅自己一刀。想要改變，但改變好難。它不像是希臘悲劇那樣直線殞落，卻也不若三幕劇那樣樂觀相信人定勝天。它就像是**生命時常的樣貌，我們努力去做了，但真的做不到。有時真的快做到了，卻因為一件小事情將我們打回原形。**

｜功虧一簣、對勇敢堅強悲觀，就像人生

另外一部電影《花漾女子》是一部女性復仇片，入圍第 93 屆奧斯卡最佳原創劇本。相對於《海邊的曼徹斯特》的緩慢、低迷、沉靜、耽溺，《花漾女子》則充滿著狂暴的憤怒與宣洩，角色積極欲望強大，手起刀落節奏明快。即便在兩者極端不同的戲劇氣質下，都有「功虧一簣」的角色弧線，都呈現了一種對勇敢堅強的悲觀態度。

女主角凱西年輕時最好的朋友因被性侵而自殺，這給了凱西極大衝擊，使她這些年來始終在對任何心懷不軌的男性復仇。其偏執程度讓她成為一個冷冽、鮮少情感的復仇機器，連父母都批評她竟然連自己生日都忘了，這樣的人生正常嗎？她除了持續報復渣男外，生活沒其他目標，並疏離於任何感情。

　　當然，她的復仇之旅能讓觀眾同理，且完全有正當性的。但我們在心疼於她遭遇的痛的同時，也心疼她脫離了人生的常軌與可能性，我們好希望她能再次體驗人生，去好好擁抱。此時，她遇見了一名有風度又可愛的醫生，兩人幾番來回後，她好像能克服對男性的厭惡與恐懼了，兩人產生了曖昧，可能要有戀情。女主角正在努力著，去過著偏執於復仇之外的人生，試著再去接受男性，再去愛愛看。

　　不料一件事情將她給擊垮了。她意外得知當年性侵主嫌要幸福地步入禮堂了，更得知身邊的新愛人當年也間接涉入了那一場罪行。原本已從復仇的偏執中被拉出來的女主角，再次點燃了恨意，甩掉身邊的情人，再次成為一個一心只有復仇的人。那種摯友被性侵的椎心刺骨的痛，是無法輕易走出來的。

　　就像人生。

　　最後的結局無疑是悲觀的。復仇那一夜，女性的身體終究贏不了男性宰制的力量，她被殺了。她從起初的黑暗，一度找到光明出口，卻曇花一現，墜入了更深的黑暗。她從絕望，開始對人信任，結果對人性更加絕望。復仇的終點，是肉體與精

神的雙重死亡。好在，《花漾女子》還是給了一點詩的正義，她在死前留下了罪行的線索，使主謀們被逮捕歸案。

我們好希望《海邊的曼徹斯特》的男主角能成功擊敗傷悲，好希望《花漾女子》的女主角能復仇成功，重拾正常人生。在大部分的戲劇，會在故事中給他們一個成功的盼望，但有的故事或許是想向人生的殘酷真相靠攏，讓他們進化後又殞落。但至少，我們看到他們為了勇敢、為了療癒、為了正義，總是上過了路。

PART 3

自己的人生自己創作

創作心法與戲劇理論

荒謬啊！人生！
《單身動物園》《逃出絕命鎮》
戲劇是現實的極大化

故事是生命的隱喻，戲劇是現實的極大化與誇張化。

生命是複雜的、千絲萬縷讓人摸不著頭緒，意義時常不明，漫長沒有焦點。故事則是生命的簡化，在繁複中抽絲剝繭出一個觀看世界的方式，將龐雜無謂的人事物刪除後找到焦點並深掘，從有限的篇幅中尋找意義，讓我們看到人性長怎樣，世界長怎樣。

> 故事不必然是生命的白描，反而是生命的精鍊，擷取重點來放大，隱喻生命的難題。

戲劇往往都是一種誇大，當一切被放大的時候，當中的矛盾與問題也會被放大，往往能讓我們更清楚看到現實中諸多的荒謬與弊病。這種荒謬其實在現實生活中早就存在，只是人們太過習以為常也不擅於反思就得過且過，**戲劇的目的之一便是將這些被忽視的小細節給掀出來，讓人一窺表象背後的真相，驚覺尋常之下的荒謬。**2021 年的電影《千萬別抬頭》即為一例，

該片以誇張的手段呈現出現實中的各種反智。當你把情境拉拔到極致時，啟示於焉而生。

但將情境與社會現象誇張化的同時，有時操作到極端會成為一種獵奇，但絕對不是要讓現實變成一個我們難以辨識的詭異存在。相反地，好的極端化與誇張化要讓我們更能感受到它與人生的關聯，要讓我們看到，噢，原來我們是身處這樣的世界，怎麼原來都沒有發現。

獵奇怪誕的設定並非憑空捏造

《單身動物園》獲得第 68 屆坎城影展評審團大獎，勾勒一個光怪陸離的世界與設定，是將社會情境極端與誇張化的絕佳範例。在那兒，單身有罪，所有男女被關進一個酒店進行配對，只有找到具有共同性的伴侶才能安然離去，否則將被變成動物流放森林，甚至被獵殺。於是被囚於飯店中的人們開始爭先恐後尋找所謂的愛侶，為了存活，與明明找不到共通點的人們假意相愛。

男主角為了存活仍試圖找伴，可惜越找越寂寞，越愛越疏離。他在受迫下逃離酒店，躲進森林，加入一個新的團體。該組織同樣激進，只是反其道而行。他們崇尚單身，嚴懲相愛與有伴的人們。諷刺的是，男主角到了這反而遇見真愛，無奈愛卻成了禁忌。他從一個反單身的體制，逃進了一個反相愛的體制。他必須帶著戀人再次逃離這個可怕的世界。

《單身動物園》所建構的世界夠荒謬夠獵奇了吧，在不同

的體制下，單身與有伴的人會分別被處刑。但這樣獵奇怪誕的設定並非憑空捏造，而是有當代社會情境作依據。該劇本把現實生活中習以為常的體制與慣例給極端化後，我們發現了崇尚單身或崇尚婚姻都存在弊病，而體制更在被誇張化之後，讓人看到背後的極權本質。**戲劇中的恐怖怪誕，其基礎來自真實生活中被忽略的恐怖怪誕。**

真實世界中有為數眾多的人們為了傳宗接代、穩定社會、對愛慾的渴求等因素倡導一夫一妻制，乃至對大齡單身的人抱以歧視。這是第一層的世界價值觀，作者將此社會現象拉到極致，成為了一個單身者會被懲罰的世界。而單身者變成動物這件事，隱喻了似乎在這當中，沒有伴侶的人是一種反文明、退化的、原始的、低階的物種。

到了第二個相愛有罪的世界中，則呈現了婚姻主義的極端對立面。此時，作者有把單身主義給極端與誇張化了。世界被拉成光譜的兩個極端，當中的唯一共通點，便是都對於異己施以刑罰。

本片到底是在控訴婚姻制度，抑或單身主義？作者的立場究竟為何，是相信愛情抑或對愛悲觀？或許，本片根本無意站邊，這也不是重點。**它真正要講述與批判的，是那名為霸權的怪獸與權力失衡後的無情宰制。**任何體制，無論你是頌揚婚姻或單身，只要將自己絕對化、神聖化，都是在剝除所有人的主體性，是對人類身心的殘害。編劇把這種體制對人個體性的壓迫套上了婚姻與單身兩個框架，讓角色在這處境下發生故事。而這樣的操作，就讓這獵奇的故事成為了一則啟示錄，反映了

真實世界。

凸顯問題就將有問題的細節極大化、誇張化

回到之前說的，即便場景與情境獵奇，但人物在其中的情感狀態則務必可信。若是在誇張的情境下沒有踏實可信的人物情感，那一切就只是空中樓閣，根本隱喻不了任何生命的秘密，更不會與觀眾產生連結了。

在這種寓言性質的故事中，人物時常代表某種原型。**觀眾在看這樣的戲時，可以接受極端與風格化的設定，是因為他們在看的不是社會上的寫實，而是概念上的寫實，和人物面對概念時真實可信的情感反應。**

我們看一下這齣戲中的角色情感。一開始，主角是被壓迫的，寂寞的，放棄愛情的，爾後他逃離了，先是如魚得水，隨後愛上他人。他又成了被壓迫的，並再次逃離了，不同的是上一次他單身逃離，這一次是攜手愛人一同逃亡。

主角內心究竟是什麼故事？簡化後，不過就是一個放棄愛情的寂寞男人，遇上了真愛後決定鼓起勇氣大愛一場，願意為了愛與世界為敵和犧牲自己的故事。

即便外在的設定再扯，人物的情感流動依然是簡單易懂，可以打進每一個人的內心。**在此操作下，「可信」是非常重要的**，當然，這不是建構的世界新規則必須可信，乃是其中的人們對其的應對舉措必須真實可信。

在「21 世紀最佳 101 劇本」中拔得頭籌的《逃出絕命鎮》

也巧妙地利用極端化呈現出一齣批判種族歧視的驚悚片。驚悚，是這部電影的類型，同時也是真實反映出偏見與歧視帶來的驚悚。

《逃出絕命鎮》的故事原型並不少見。一名黑人主角交了白人女友，前往女友的小鎮莊園與其家人共度週末。女友的父母分別是腦科醫生與心理諮商師，不論職業、社會地位和膚色種族上都是優勢者。看似平靜安詳的小鎮週末，黑人男主漸漸承擔起種族歧視中潛藏或外露的壓力，發現各種不尋常的怪事，在不安中明白自己深陷險局，誤入怪物村。一個開心的週末成為了殺戮遊戲，他必須逃亡，隻身對抗小鎮中的罪行與秘密。

以往探討歧視的切入點，都是從黑人多麼想為了自己被接納而改變自己，靠向白人，穿上白人的軀殼。《逃出絕命鎮》的經典顛覆在於，故事中是白人們病態地想要將自己的靈魂裝進黑人身體，超級想要去霸占黑人的肉身。因為黑人的體能好、可以奔跑⋯⋯他們對黑人充滿各種想像，簡言之，多麼像頭野獸！

現實生活中的物化、歧視與偏見，被誇張地勾勒為白人覬覦並去霸占黑人的身體。**我們看電影時被獵奇的設定和情節所吸引，不過一旦我們想到這是從真實社會氣氛下衍生出來的，則感到悲哀，並深切警醒著。**類型與當代議題的巧妙結合，是劇本《逃出絕妙鎮》得以成為經典的理由。

在寫作的時候，**想要呈現出社會哪裡有問題？將有問題的細節極大化**，看看人在其中會發生什麼事吧！

Time to say goodbye
《玩具總動員3》續集的概念與生命階段

　　續集是個有趣的議題，本質是在反思人們在不同生命階段的不同課題。本文探討電影續集，不探討影集中的分季，後者有太多元的操作方式，與電影續集的概念並不相同。

　　續集需考量的點很多，顧名思義，既然是續作，那必須要有延續性，舉凡最基本的高概念、人物設定、風格類型、筆觸調性上，都應該要具有統一性。但，作為續集電影，往往都會被詬病不如第一集，有損原作給人的感動與衝擊，甚至傷了粉絲的心。除了觀眾可能本身對電影少了新鮮感外，這議題是有更深層的、戲劇理論上的、本質上的原因。

> 　　一個好劇本必須兼顧故事主題和角色。建構主題的方式則仰賴角色在旅程中的成長。主角會同時圓滿外在事件與內在心靈旅程，透過角色的改變來證明想要闡揚的價值主題。

　　此時，若要寫續集電影，最大的麻煩來了，第一集想要說的主題已經得證，角色也已處理完他的內在傷痕，在結局成為一個近乎完全體的英雄。換句話說，角色已經不再茫然了，已

經說過道歉了，已經浴火重生了，已經從一個被人同情的角色轉成被人景仰了。在進入續集時，一個完滿的角色沒有改變成長的空間。要在續集編織出新奇的情節是相對容易的，但**要在原本的基礎上找到一個全新的戲劇主題，要讓角色產生新的茫然與頓悟**，則是非常頭疼的課題。

《瞞天過海》系列電影的評價目前仍是第一集最好，因為第一集處理了兩名主角踏上偷竊一途的內在旅程，即便是一部痞味很重又著重於詭計手法的竊盜片，仍處理到情感面。但其續集就失去了這份魅力，僅僅延續竊盜片的慣例，想出各種出人意表的新招，關於角色營造則不再著墨，這符合電影類型與觀眾期待，賣點與噱頭在秀招，不在角色，所以問題不大。

但一般以故事與角色成長為主的劇情片，在續集的營造下就容易顯得疲軟。重點是，編劇能否在續集中找到角色不同階段的生命體悟，找出一條新的成長路徑。

反思人生不同階段的生命課題

《玩具總動員》系列電影在這一點上做得出類拔萃，精采至極！三集電影分開來看都自成一格，各有各自完整的旅程與角色弧線。但三部電影合在一起，則成為一段更悠遠漫長的人生，從中窺探出更宏觀的生命啟示。

從第一集到第三集，玩具的主人安迪從小朋友變成大學生，一路陪伴安迪的各種玩具如胡迪、巴斯光年等人，經歷陪伴了主人十年的成長與轉變。在主人十年的長成中，他們也老

了，更在主人身分的轉變後必須面對自身定位的轉變，當他們眼看小男孩從幼童踏入青春，帶著使命感、忠誠以及對主人深深的愛的胡迪，要帶領玩具們何去何從呢？

我們以第一集到第三集為例，看他們各自處理了胡迪與巴斯光年的什麼議題，建構了怎樣的角色弧線。

第一集中，胡迪是主人最愛的玩具，集三千寵愛於一身。此時，主人帶回了新的玩具巴斯光年，激起了安迪的占有欲，他擔心自己會失寵，擔心新的玩具搶了他的風采。他想要把巴斯光年趕走，但不小心把巴斯光年推出窗外，只好一群玩具去把他救回，穿過重重險難回家。

一群玩具在回家的路上碰到各種壞事和壞人，原本討厭巴斯光年的胡迪，也被迫一起聯手度過難關，在路上發現巴斯光年其實很可愛。他發現原來愛是可以分享的，當他敞開心胸接受新的朋友，主人對他的愛並不會變少，而且他將會擁有更快樂的主人。他從「**獨占主人的愛**」對抗「**分享愛**」的二元對立中**轉換了立場**。

在第二集中，已經與玩具夥伴們和樂融融的胡迪遇到了女牛仔翠絲，流浪過程中得知自己原來是影史中的經典角色，獲得了去日本博物館被展出的機會。**他有了出走的機會**，但他選擇回家。他不需要去當博物館裡的珍品，**更寧願擁有平凡快樂的幸福**。

《玩具總動員3》中，主人安迪要上大學前在思考要把玩具閒置在閣樓或是丟掉，他只打算留下最心愛的玩具胡迪。此時，胡迪在第一集中想要的那獨占的愛，其實在這裡得到了，

他是唯一有權留下的人。但他捨不得丟下朋友們，想要做出困獸之鬥，希望大家可以繼續留在主人身邊。

他想要留下來，不想說再見。

這一次，他們被送到恐怖的陽光幼兒園，從那兒以越獄的規模奔逃回家，一路上出生入死，並從大反派熊抱哥血淋淋的人生中看到一個無法放下、不懂說再見的人有多悲慘。故事最後，胡迪等一行玩具掉到了焚化爐的輸送帶上，橫在他們眼前的是垃圾絞碎裝置，輸送帶的終點是高溫烈焰的熊熊大火，他們無路可退，無處可逃，只能被緩緩送往世界末日，等待被燒成灰燼。一度忽視友情的胡迪，此時與眾人牽起了手，共同迎接末日與絕望。即便要被焚燒，也無法摧毀他們的友情。
走了這一遭，歷經了靈魂黑夜，胡迪認知到該是學會向主人說再見了。

｜人生就是不斷地重新開始

《玩具總動員》第一集探討的是胡迪從一個想要獨占愛的人獲得了友情；第二集他在有機會去博物館展出時，決定要回家；第三集他則在回家的路上明瞭，該讓一同走過年少的男孩與玩具前往各自的地方了。
續集的本質就是漫長人生的不同生命階段。現實中，我們會在找到意義後再次迷失，塵埃會在落定後再次被狂風揚起，

我們會在安身立命後再次流浪漂泊，在終結孤單後再次墜入寂寞。《愛在三部曲》系列更是在同一對情人上處理了 20、30、40 歲的人生狀態，他們同樣想愛，但對生命與愛的想像已經不同。20 歲瞥見的愛，到了 30 歲要再重新認識一次，年過 40 後他們看透了愛中的不足與黑暗，再從不足與黑暗中找到愛的強韌。

　　生命中一段一段的旅程也是續集的概念，每一段都是上一段的延續，都是一個相同的我在不同的階段中尋找一個更好的我。在其中我們不斷啟程，不斷抵達，不斷回歸，不斷流浪，高高低低，起起落落。**人生就是不斷地重新開始，在每一次的成長過後迎接新的課題，成為新造的人。**

不照劇本走的幸福
《派特的幸福劇本》金羊毛的故事結構

　　《派特的幸福劇本》是一部骨子裡很疼痛的愛情療傷輕喜劇。小巧感人的故事刻畫一對極有個性、有態度、既勇敢又脆弱的男女。兩名主角都有精神問題，被社會貼上瘋子標籤，起初互看不順眼，動輒打鬧戳對方傷口，踩對方底線，卻陰錯陽差地共同走了一段路，改變了未來人生。

　　故事中，派特目睹妻子與人偷情後就徹底瘋了，躁鬱發作將偷情小王痛打一頓後進了療養院。出來後，他刻意把自己塑造成一個陽光積極想要挽回妻子的男人，但骨子裡只是在壓抑傷痛。他遇到丈夫死掉的女子，該女子憂鬱黑暗，講話刻薄，卻意外一見鍾情地喜歡派特，可能是太過寂寞，可能是仰慕已久，或只是同病相憐。

　　派特被法院下達了禁制令，不能靠近妻子。他出了療養院之後只有一個目標，就是捎個音訊給她，見上一面，至少再續前緣。透過故事設計，派特只要能與不太投緣的女主角一起練習一段國標舞，就有機會寫信給妻子和收到回音。

　　男主角為了能獲得妻子的信，勉為其難地與女主角一同練舞，被社會標籤為瘋癲有病的他們，展開一段互嗆、互相傷害、為彼此出氣的練舞之旅，最後要用兩人蹩腳的舞技去跳一

場舞蹈比賽。

兩個破碎又偏執的怪人綁在一塊，成為生命共同體。但派特踏進這段旅程的起初都是為了妻子，才不是想和這個怪人發展一段戀曲！

男女主角的相處過程，動輒躁鬱起來就拿對方最軟弱痛心的事來攻擊，又在刺傷後表達歉意。看來互相苦待，卻都在瘋狂中找到久違的熱情與行動力，又在隨後的懺悔中看出善良的本質。隨著練舞的過程，派特獲得了妻子的回信，看似離目標更近了，同時發現身邊這個一起跳舞的女生，好像才是真正關心與愛護他的人。

男主角遇到了一個詭異的狀況，他想要追逐的是前妻，卻在追逐的路上遇上一個偏激傷心的怪女子，漸漸產生了一種謎樣的情愫。

金羊毛故事類型的原始意義與延伸應用

這種在追逐 A 的路上發現了 B 的故事走法稱為「金羊毛」結構。以下，逐一講述「金羊毛」故事類型的原始意義與三層延伸應用。

金羊毛故事源自希臘神話，它是英雄們心心念念想去尋找的寶物。金羊毛象徵著權力、財富、地位，角色們追求的不只是物質上的寶物，也是它的象徵。為此，英雄們為其出生入死，上天下地，為了爭奪它獻上不屈不撓的意志。故，**金羊毛故事原型，正是角色利用強烈的意志去奪取目標的故事。**

金羊毛的第一層應用，尋寶冒險故事。

這是非常直觀與直接的應用，**所有的冒險尋寶故事，就是換湯不換藥的金羊毛故事**。最典型的尋寶片像是《魔宮傳奇》《國家寶藏》，在當代的尋寶時常以竊盜片的形式呈現，例如《瞞天過海》系列，他們所追求的金庫、珠寶、畫作都是金羊毛。多半，他們會獲得寶物，而過程中付上的鋼鐵般意志則是代價，最後辛苦有了回報；但在某些片子中，他們最終沒有尋得寶物，或尋得了寶物卻在最後一刻又弄丟了，這種求而不得的失落狀況，待後文詳述。

金羊毛的第二層應用：公路電影。

除了典型的尋寶電影外，公路電影也是金羊毛故事原型的應用，系列文中分析過的《小太陽的願望》即是一例。**公路電影中，大家出發上路，而之所以會啟程，自然有個目標與目的地，那就是金羊毛**。在此，它不限於實體的寶藏，而可以是追求一面金牌、一段關係、一個回憶、彌補一個遺憾、完成一個願望或去打卡。在《小太陽的願望》中，他們所追求的金羊毛就是小女兒的選美比賽冠軍。

而「公路電影」望文生義，他們踏上的「這一段路」才是重點，到底「路上發生了什麼？」「發生的事啟發了角色什麼？」往往比獲得金羊毛與否更顯重要。所有能夠讓你上路的理由，舉凡權力、地位、愛情、財富、尊嚴、認同等等，都是金羊毛。比起這些觀眾們更想看到的，是到達目的之前的，這一段路。

金羊毛的第三層應用：**所有那些求而不得，卻有意外收穫的故事。**

　　再從公路電影延伸，所謂的「這一段路」也不限於所謂的公路、高鐵、航海了。為了金羊毛所做的一切努力，走過的一切坎坷的路，都是在尋寶的路上。在當代的應用中，該故事的重點已經轉向，前文提過，**如果主角們沒有獲得寶物，那該怎麼處理？而這，才是金羊毛故事的精髓。**

　　金羊毛作為主角想追求的價值的象徵，往往要映照出內心欲望的「謬誤」，換句話說，主角生命真正欠缺的根本不是金羊毛，而是別的。金羊毛只是主角以為重要而已。而這一段路，就要讓主角發現到這事沒那麼偉大，同時發現有別的更偉大、更值得的事。

｜金羊毛故事在當代的精神

　　「沒有得到所望之物，但在路上找到了更重要的珍寶或價值。」

　　在《派特的幸福劇本》中，派特想要追逐的金羊毛：「挽回妻子」；追求金羊毛的手段：「與女主角一起跳舞，以至共赴舞會」；讓我們看看之後他得到了想得到的了嗎？他又真正得到了什麼？

　　劇末，派特終於獲得與妻子見面好好交談的機會，他得到想要的金羊毛了，但已經完全不在意了。偷情的妻子，到底只是他的迷戀。努力偽裝多正常多積極，那才不是真正的平靜。

這段路上,他被溫柔地疼惜過了。有這麼棒的一個人,誰還在乎起先想要的目標呢?

金羊毛故事的走法也可以和本書前文所說「表層欲望」與「深層欲望」來扣連呼應。派特的表層欲望是挽回前妻的愛,去彌補一段本該幸福卻被搞砸的關係。但他深層的欲望其實是被真正地理解與疼惜,是找到相同世界與頻率的伴侶,而非理想中的預設對象。

金羊毛即便不是角色真正需要的寶物,但其概念依舊是浪漫的。它是一個誘人出發的動因,是個引人上路的鉤子。沒有金羊毛,人不會上路,也無法看到路上的風景。**金羊毛使人產生了「追求」的欲望,但人生更需要的往往是「尋找」**。追求是前往特定的方向,尋找則意謂著開放性與可能性。

那些真正寶貴的,往往並非心中之定見,而是在路上才要遇著。

我願意為你，被放逐天際

《樂來越愛你》如何書寫愛與愛過

如何寫愛？如何寫愛過？

愛不是說說，愛不是幾滴眼淚幾封情書。在戲劇中，角色往往有機會好好吐露衷情，藉由大段獨白來抒情表意。在莎士比亞的劇本中，角色幾乎也都能用極富韻律的詞句和優美巧妙的譬喻來講一口漂亮的愛。

但在故事的書寫中，即便多麼有文采的浪漫台詞或歌舞，都只是愛的表象，而非愛的證明。故事中的一切是需要被行動與行動的結果來證實的。**要真的寫一個人多愛一個人事物，就要透過角色在行動上的選擇，看他願意為了所愛之物去「犧牲放棄」多少。**

《樂來越愛你》（La La Land）是一齣描述愛情與追夢的音樂歌舞片，故事簡單動人，透過春夏秋冬四個章節來刻畫一對戀人的愛情進程，從相遇、相戀、爭吵、矛盾、撕裂到分開多年後的重逢，藉由最後過盡千帆後的一個回眸，來看待人生中一場深刻的邂逅。

歌舞片有其獨特藝術表現手法的優勢。人與人之間的關係經由一首歌的時間，便能透過肢體、音樂、台詞、走位等調度

來表述出人們之間的親疏遠近和情愛流動。片中，兩人輕快的雙人踢踏舞與在天文台飛躍而上的星空華爾滋等橋段，都在視覺、聽覺、表演上給人滿滿幸福愛意。但即便在如此夢幻、輕易給人幸福感的片型中，仍需要一些行動來證明角色的愛。

▍要寫愛，就寫犧牲

《樂來越愛你》中，男主角是一個力爭上游的爵士樂手，在酒吧遇到一個有明星夢的女子，她畢生的夢想與努力目標就是成為女明星。在兩人相遇心動後的某晚，兩人相約，但女主角同時參加了一場社交應酬，她為了夢想，「犧牲」了情人的約會，這呈現出她是愛夢想的。到了應酬場合，她赫然想起了情人正在另一頭孤單等待她的來到……

這份思念與擔心，讓女主角在應酬場合中心不在焉。她做了一個選擇，離開了應酬現場，「犧牲」了可能更靠近夢想的機會，在街道上奔赴與愛人之約。這愛的證明，比任何一段撼動人心的浪漫詞藻、纏綿悱惻的激情、華麗幸福的歌舞橋段都更具有效性。

女主角狂奔赴約或許是一個略顯俗套的典型橋段，但**書寫愛的基本機制便是，看人如何在愛與其他珍貴之事間來做出選擇**。同理，為了夢想而犧牲健康，證明多愛夢想；為了權位犧牲朋友，證明了多愛權位。為國捐軀，證明了愛國；為了財富犧牲人格，證明了多愛錢；為了情慾，犧牲承諾，則證明有多麼愛慾。

《進擊的鼓手》如何呈現男主角愛他的夢想？他在故事起初邂逅一名女子，也有一個和睦的家庭。但在他決心前往最偉大鼓手的路上，將時間的優先權都給了打鼓，冷落了女友，遠離了溫馨的家，甚至打到手指破了、出了嚴重車禍都不停下腳步。他犧牲了愛情、犧牲了家庭、犧牲了身心健康。因為**這些犧牲，看出他真切熱愛夢想。**

　　《斷背山》中，傑克有著面容姣好的妻子，進入了社交地位不錯的家庭，牛仔出身的他有著令人欽羨的人生。他可以守住這些過一段順遂的人生，但他為了一段相隔千山萬水又不受社會祝福的戀情，不惜犧牲所擁有的一切都要冒險見上一面。**正是犧牲之大，才顯出愛戀之深。**當然，為愛犧牲最俗濫的例子，莫過於《鐵達尼號》，當中的傑克為了愛人犧牲自己的性命，成就史詩級的愛情。

　　《樂來越愛你》在前半確實營造了滿滿的幸福感，但我當年並不喜歡這個劇本。故事前半，兩人的愛情順風順水，花了一半的時間在熱戀，即便賞心悅目、音樂動人，卻少了衝突與懸念。不過，在故事約莫走到一半後，男女主角價值觀與人生方向浮現矛盾，我才明瞭這故事的本質並不是要寫跨過艱難後終成眷屬的浪漫愛情，而是要**寫一對相愛的戀人，終究跨越不過現實艱難而分手的遺憾人生。**

　　相愛只是引子，為的是通往分離；幸福只是過程，為的是營造遺憾。這是一部徹頭徹尾的分手電影，說的是浪漫終究敵

不過現實，但即便在路的盡頭他們一度口出惡言，也依然真切
地愛過。

｜ 如何寫「愛過」？

《樂來越愛你》的故事開頭，男主角帶女主角去看爵士樂
表演，他滔滔不絕講著音樂經，女主角看著這位音樂狂熱的男
子莞爾說了一句：「說實話，我討厭爵士樂。」

故事後段，兩人撕裂不愛了，在冷靜一陣子後重逢。男主
角要去經營音樂酒吧，女主角要去巴黎一圓明星夢，兩人在踏
上各自人生旅途前短暫相逢，互給祝福。男主角細細叮嚀女主
角前往巴黎的種種，他說：「我得照我的計畫走，留在這兒，
把我的想法做起來。妳會去巴黎，那裡的爵士樂很棒。妳已經
喜歡爵士樂了，我猜我們只能走著瞧了。」

「妳已經喜歡爵士樂了。」

從故事的起初到末了，女主角從一個討厭爵士樂的人到
成為一個喜歡爵士樂的人，這成為了他們愛過的證明。**要寫愛
過，就寫那些留下的痕跡**，可能是愛上爵士樂、懂了棒球的規
則、衣櫃裡多了件衣服、明白了某個冷知識、開始慢跑了、學
會抽菸了、床頭有吊燈了……是這些留下的小小東西見證了即
便我們還是一樣的我們，卻已經悄悄的不一樣了。

《斷背山》最後兩人天人永隔，兩件套在一起的夾克成

了他們愛過的證明；無獨有偶，《以你的名字呼喚我》中年輕男子對著情人問：「第一天你來時穿的這件『襯衫』，你離開時可否送給我做紀念？」他也要求留下一件襯衫在未來證明他倆曾經愛過；《愛在日落巴黎時》的開頭男主角正在發表的新書成為兩人九年前愛過的證明，若非有愛，誰會將其寫成一本書呢？而最雋永又反諷的莫過於《王牌冤家》了，已經被消除記憶的他們，留下的愛過證明，是那一張「刪除相愛記憶的收據」……

　　人生中的愛絕非口頭說說，即便情話很撩人；人生中的愛也絕非身體做做，即便高潮很誘人。**真正的愛是行動中的選擇，是生活中每一個微不足道的小小犧牲**，它們總是會在生命中留下些痕跡在未來提醒著我們，**從愛上到通往不愛的路上，我們愛過。**

告訴我，愛要怎麼說
《愛在日落巴黎時》對白的藝術：三種聊天型態

行動分成──心理行動、身體行動、語言行動。**心理行動**發生在角色內在的改變，例如猶豫不決到下定決心，憤怒仇恨到理解原諒，這些可以透過角色的行動或語言來流露；**身體行動**則顧名思義是透過外顯的動作來達到目的；**語言行動**是角色的對白，是角色說了什麼話，又用什麼態度、語彙、策略來說話。對白可以是情感的交流，觀念的溝通，可以只是東拉西扯或帶著強大的企圖去說服，去試圖影響外在行動

對白並不是故事本身，角色的行動才是故事。在伍迪艾倫與昆汀塔倫提諾的電影中，即便對白占據很大的篇幅並且妙趣橫生，但故事的行進仍仰賴行動。如同本書前面提及的，是**人物的選擇與行動建構了他是誰**。怎麼說話是一種藝術，可以賞心悅目，但確實不是故事本體。

｜用對話來推動情節

《愛在日落巴黎時》是編導李察林克雷特經典愛情三部曲（又稱《愛在三部曲》）中的第二部。電影幾乎由男主角傑西與女主

角席琳間的對白所建構。兩人藉由密集的對白、極簡的行動，即造就了雙方橫跨 18 年的經典愛情。

這三部曲在我心中尤以第二部的《愛在日落巴黎時》最為經典，它承接了九年前的愛戀與重量，藉由重逢的 80 分鐘對話，彼此丟接資訊、情緒、情感、試探，自然又精準地傳遞了兩人對那天邂逅的思念，與那段浪漫回憶如何在漫漫九年中，陪伴與形塑他們生活中的蒼茫與勇敢。

李察林克雷特的經典愛情三部曲藝術性很多，其一是對白語言。對話幾乎是唯一外顯的行動，所有的情節都是由「對話」來推動的。**在這類片型中，語言行動是本體，對白則可以視為行動。**

戲中，男主角傑西在一開始出了一本書，改編了九年前的浪漫軼事，女主角席琳現身，兩人惜別九年後重逢。在男方要上飛機前，有約莫一小時的空檔。他們漫步街道，坐進咖啡店，搭上河流上的小船，上車，遊走街頭，上樓進入女主角家中。他們就一直說一直說，幾乎沒有身體觸碰，最後兩人獨處一室在席琳的歌聲中收尾。

這齣電影很特別，將身體行動化約到極簡的層次，幾乎一切都是語言行動，從雲淡風輕的聊天到言辭懇切的自剖，也彰顯出劇烈的內在行動。本篇會先講聊天的三種類型，下一篇則會解析從他們的台詞進行中，內心究竟發生了什麼事，又怎樣影響了他們的身體行動。

聊天的三種類型

我將聊天的類型分為三種：聊心情、聊觀點、聊事情。

聊心情，意味著直白講述內在情感與情緒狀態，是一種接近開誠布公的自述手段，這裡不聊生活中的瑣事，不聊對議題的看法，單單自剖心境。

這類的台詞諸如：「我很痛苦，我快撐不下去了。」「我看到你都還是臉紅心跳，只要想到你的存在就能讓我溫暖。」「我不是真的快樂。」這類對白在傳遞角色內在狀態是非常有效的，但不宜濫用。第一，這樣傳遞內心的方式太過簡單直白；第二，人的日常並不會總在自陳心境，大部分的人生都是在聊事情、聊觀點。

如果塞滿聊心情的台詞，很容易讓故事流於煽情與濫情，人不會每一次講話都像在跟心理諮商師或神父直白坦承心境。

聊觀點，則是角色表達對事件、議題上的看法，丟出大腦中的價值判斷與自身立場。

這種聊天方式是看人們對議題的看法，可以直接透過語言去表述一個人的思想、哲學觀、世界觀。這種偏向於客觀與智性的聊天方式，在《愛在日落巴黎時》被大量採用。兩人宛如哲學家與文豪，動輒能就帝國主義等議題發表議論，對白在智性上屢屢交鋒，提供兩人論辯的場域。值得注意的是，**人的語言是有隱蔽或假扮性質的，一個人說出的觀點未必要是真實想法**，這攸關更深的語言策略問題。

聊事情，在我看來是最難的，也是最貼近日常現實的。

可以是日常生活中的閒雜瑣事，可以是聊過往回憶的點點滴滴，可以是聊未來規畫，可以是互問近況，也可以就是沒話找話說、看到什麼聊什麼。**「聊事情」可能是最有潛台詞的，看似無謂瑣碎，反倒會引發觀眾去探究背後更深意涵的興致。**

對白中必須要有衝突點

《愛在日落巴黎時》的起初，男女主角不談心，不談宏大議題，就從俯拾即是的小事聊起，聊男方出的新書，聊起當年的錯過，他們噓寒問暖，尚能抑制住九年前那一場美夢如今重現時的激動與悸動。

漸漸地，他們走進咖啡店後開始「聊觀點」。女主角關注社會公益等議題，從她對白中的思想可看出她是個有點神經質、好公義、憤世嫉俗、悲觀傾向的人。在對觀點的交流中，男主角更正向與幽默，對議題的看法見解成為他們彼此拉扯的場域。

大抵上，兩人暢談甚歡。但**暢談甚歡的狀態基本上是要避免的，若持續太久會喪失衝突與戲劇性。**靠兩人持續對話的戲，對白中必須要有衝突點，可以是心情上的不同步，觀點上的隔閡，或是在聊事情的時候擦槍走火。

他們的對話產生了第一個隙縫，是無意間聊起了九年前那天到底有沒有做愛。男方鐵口說有，女方則完全記不起來。這讓男主角挺崩潰的，兩人陷入當年到底有沒有做愛的戰場。

這是兩人在故事中首次的意見不合，雖然是態度輕鬆而非真的吵，但**離開了暢談甚歡後，有衝突的對話才能將兩人關係帶去更遠的地方。**

對於有沒有做愛，男方為此特別執著，有戲的部分不在於事實真相，而是男方為何對此如此在意？間接展示了那一場性愛對男方的重要性。可能**性愛是一段邂逅中愛過的有力證明，或是「被記得」本身代表在對方心中有一定的分量**；至於女方對那一場性愛是真忘了，或僅是迴避話題？無論是何者也都有戲。**真忘了，那是某一種邂逅；刻意裝傻忘了，則是另外一種悸動。**

再舉一例，看看一兩句「聊事情」的台詞能揭露多少事情，勝過多少「聊心情」的獨白。兩人在重逢後，想問問對方自己有沒有改變——

傑西：我有什麼變嗎？
席琳：你這裡多了一條魚尾紋。

若把這句轉化成聊心情的台詞，可能會變成「這麼多年來我都沒有忘記你，你的氣味、你的樣貌，甚至連你的每一個紋路我都記得，那些可愛的回憶好像都才發生在昨天。」以上，便成了沒有潛台詞的對白。當然，沒有一定的好壞之分，但以一句「你這裡多了一條魚尾紋」來概括總結一切，這是非常高竿的台詞。

當然，三種聊天方式依然要互相穿插，加成累積，在他們

相處的最後時刻，女主角還是將這九年所累積的一切傾洩而出：
「我本來好好的，直到讀了你那本該死的書……我沒忘記你，
這讓我很生氣。你來到巴黎，一副浪漫瀟灑的模樣，還結婚了，
去你的！……那些都是過去的事了，再也跟你無關。重點是那
段時光，在時間裡永遠消失的那一刻。」

　　對白終究能有一刻讓角色用漂亮的文句講述心底的真心
話，但有了前面的鋪墊，有了許多時刻的欲語還休，於是最後
的直白大告解會更增添韻味。**他們的對話是如何漸漸加溫，並
從散漫閒談中直搗內在澎湃情意？這就是語言隱藏與揭露的藝
術了。**我們於下篇繼續探討。

在沉默中吶喊愛

《愛在日落巴黎時》對白的藝術：揭露、隱藏、沉默

　　語言在對白中有非常多操作的可能性，表情達意、掩藏真心、避重就輕、言不及義、可以形塑幻覺、歪曲現實、操控誤導、用語展示階層地位、展現人格特質、提供金句襯托戲劇中心思想……

　　本篇將簡述語言在本片的進程，並著重探討**兩個語言策略：揭露與隱藏、說話與安靜**。

　　在古典的戲劇中，語言是表達思想的工具，是傳遞情感的有效媒介。角色都在講真心，語言得以駕馭真正思想；到了當代戲劇，語言時常失能，時常詞不達意甚或語焉不詳。

　　人們不再聊內心真正的想法，有時候是策略性規避，有時候根本是人自己也不知道自己內在的想法，那又何以希冀藉由語言表達呢？

> 　　語言是可以抒情表意，也可以完全地拐彎抹角、旁敲側擊的。語言策略的不同使用，端看時機、情感與意圖。

語言的隱藏與迴避

　　我們來重點式地簡單爬梳語言在《愛在日落巴黎時》中的使用進程，看一下他們是怎麼用語言掩藏內在真正的情慾流動，並且在說話的過程中漸漸坦露真實情意。再探討他們怎樣利用密集的說話與倏忽的安靜來營造強大的戲劇張力。讓我們看看說話的藝術與安靜的藝術。

　　傑西與席琳先在書店重逢。如上篇所述，他們先是聊起書與書中的故事。本書是男主角以兩人九年前的邂逅為藍本所創作的作品。他們聊起故事該怎麼走，關於是否重逢、關於是否性愛，明明像在探討虛構小說，卻心知肚明當他們探討小說該怎麼發展時，偷渡的是自己內心對過去的想望。

　　到了咖啡店，兩人談起環境議題，扯到帝國主義。他們客觀平靜、波瀾不驚地討論宏大議題與社會使命，至此，兩人愛在心裡口難開，愛意的流動還非常隱晦，彷彿當年發生的是友情而非愛情。語言暫時掩蔽了內在澎湃，用談世界局勢來避重就輕。東拉西扯，只是為了按捺住心中最大的疑問：「所以，我們當年的那是愛嗎？」

　　但，他們都不說，他們都不問。

　　兩人散步街道，對於當年那一天到底有沒有做愛產生記憶的分歧。男方堅稱有上床，甚至記得保險套牌子，女方則是完全忘了有做愛。男方大受打擊，對方的遺忘某方面是否定了這段邂逅的重量。提起了關於回憶，女方如是說——

席琳：與其帶著沉重的回憶前行，不如把一切都忘了。

傑西：所以那一晚對妳是什麼痛苦的回憶嗎？

席琳：我的意思是，有些事情，還是忘了比較好。

我們先把這段對話放在心裡，先把女生「忘了」他們曾做愛這事放在心裡。

兩人聊了大半的時間，從做愛話題開始加溫，女子雲淡風輕地問起如果明天是末日，那今天要怎麼過：「如果明天就是末日，今天晚上我們就會死了，還會聊你的書和環境議題嗎？」男方回答：「可能不會。」

他們的聊天狀態在此假設性問題下被提升了，他們意識到如果長日將盡，哪還要聊什麼創作與環保？如果時間有限，何苦自命清高和言語迂迴？兩人在假設末日將至時產生頓悟，如果與愛人的分離就是末日，那末日可能就要到了——傑西要上飛機了。

這樣我們才能繼續聊

這是本片對話風格與內容上的一個轉折點，藉由意識到飛機快起飛了，他們真切面對到即將分別，正視到這段散漫閒聊的時光正在倒數。

他們意識到，沒有時間再講廢話了，沒有時間再言不及義、沒有時間再拐彎抹角了。要聊聊內心真實的感受，只得趁

現在。

他們上了船，語言策略改變，開始展開關於愛與遺憾的大告白，漸漸直搗重點。在時間的催逼下，他們講開了。他們說起了九年前那一天對他們人生的意義，講起在愛情中受過的傷害與絕望、講起了當年如果有繼續聯絡有多好、如果有珍惜把握而非錯過有多好……，男方說起了結婚這幾年來的做愛次數不到十次，滿滿對現實的失落與對當下的欲望，女方則說自己所有的浪漫都給了那一天，自那之後再也沒有浪漫過……

兩人的對白已經開始講心情、講真心了，這潑出的愛的潮水再也收不回。兩人上車後，女主角準備回家，要送別男主角去機場時，男主角連忙說：「不不不，我要送妳回家，這樣我們才能繼續聊。」

「這樣我們才能繼續聊。」

想要「繼續聊」，**聊天就是這齣戲的主要行動，聊天就是角色的欲望實踐**。他們聊天，只是為了不想說再見。再一次，他們聊起了關於回憶，關於遺憾與心碎——

> 席琳：一切早事過境遷了，關於那段時光，已經過去了就
> 　　　再也回不來了。
> 傑西：那段時光妳都忘了。
> 席琳：我當然都記得！我們做過兩次愛好嗎！

在別離前的大告白時刻，女主角終於說了真心話！稍早，她表達她忘了那晚有做愛，聲稱自己是寧願把一切都忘了的

人。但此刻，她改口了，承認其實都記得，其實不想忘，其實那一晚的激情纏繞都還在心底。語言，在此終於開始表露真心，原來，之前都只是口是心非。

對話中的停頓與靜默

他們內在澎湃激流的心理行動和語言行動，也影響了他們的身體行動。傑西選擇冒著錯過航班的風險，也要先去席琳獨居的公寓坐坐。他們的心理行動影響了語言行動，影響他們說的話。他們在說話的過程中又影響了內在的心理，改變了外在的選擇。

在這一齣充滿對話的戲中，終於到了最高潮的一刻，男方要前往女方公寓的家中，兩人將帶著這一路的試探與調情共處一室，女方要唱歌給男方聽。

女方帶領男方走進公寓，走上古怪的階梯，始終不停在講話的兩個人，在爬樓梯時卻罕見地一句話都不說，這是本片第一次，也是唯一一次全然的安靜。

紙本的劇本上寫著動作指示：「兩人開始上樓，都沒有開口，裝作若無其事。」

本劇最大的情慾流動，最有張力的想像與期待，在這段漫長的寂靜中發生。因為累積了一整片的絮絮叨叨，此時頓然的安靜如此特殊，不尋常到我們知道肯定有極大的情慾在他們心底湍流。不然，他們不必「裝作」若無其事，不會連話都說不

出來。這是影史上一次偉大的靜默。

　　最後，女主角用一首歌，總結了所有的真心。

　　我無處可去，走投無路
　　你出現了，讓我找到方向
　　路上不再懷疑和恐懼
　　愛來得正是時候，你尋得我正是時候
　　幸運的那一天，我的寂寞夜晚從此改變

　　就把那些心底最真的話，留在安靜裡，寫在歌詞裡吧。

脫下長日的假面

《以你的名字呼喚我》假面階段與談心時光

人像是一座冰山，只有極小一部分是露出水面的，像是人外顯的行為與說出的話。**絕大部分的冰山都藏在水面下，那是人們不易外顯的情緒、觀點、自我、欲望、潛意識……**。漂亮的書寫僅僅描繪那些水面上的冰山一角、白描那些表層的事物，就提供了足夠的線索勾起人們對海底世界的興趣，並對冰山的全貌產生無盡想像。

人類的語言也是同樣的道理，人們願意說的、肯說的、說得出口的，往往只是水面上的一小部分，只是人們真實心意中極小的一塊。那種暗藏在台詞表面之下真正想說卻未說的，**稱之為「潛台詞」**。雖然嘴上沒有說出，但當我們深入到文字的背後，便能推敲出那些隱而未顯的欲望。

寫得有韻味的對白，時常都是用暗示的，觀眾看到表面的枝節，自然會鑽到字底下去尋找深意。直言不諱的大告白比較像是某些流行歌詞的講話邏輯，如周華健的情歌所唱：「其實不想走，其實我想留。」台詞在適當的時機是可以如此生猛直接，這關乎角色是哪一種人，說話的對象是誰。但，那種旁敲側擊的迂迴對話其實才是最有意思的。對白寫得不好，往往就是太直白，沒有給人向下挖掘的線索。

人的語言與行動就是會如此隱藏自己。在戲劇中，人不輕易以真面目示人，往往都是戴著假面在活著。

假面階段：試探底線，在曖昧中逼近真實

《以你的名字呼喚我》獲得第 90 屆奧斯卡最佳改編劇本獎。故事描述 1983 年的義大利，一名 17 歲的少年艾里歐遇上來自美國的年輕學者奧利佛後相愛的故事。在盛夏短短的六週間，奧利佛借住艾里歐家，一股神秘朦朧卻越來越清楚激烈的情慾流竄在兩人的心靈與身體。他們試探與退怯，從壓抑暗湧到靈肉交纏，直到六週後奧利佛離去，旋即結束了這段從一開始就注定有期限的浪漫邂逅。對愛情來說，時間實在太短了，他們卻等待了大半的時間才開始勇敢奔向彼此。

> 在某些原型故事中，角色起初是戴著面具在活的。他們可能是故意隱藏內心真正狀態不對人坦露；也可能是角色自己都還沒認清真正的自己，故以假面來包裝並形塑一個想被看到的自己。

《以你的名字呼喚我》中，奧利佛將兩人的情慾視為不能說也不能做的秘密。他不敢向前，明明溫柔卻硬是要冷漠，內心想奔赴卻裹足不前，又總是散發著謎樣的曖昧言語和輕輕觸碰。他戴上一張面具，假裝內心沒有澎湃橫流的激情。在傳統拘謹家庭中長大的他不敢面對真實性向，假裝成一個更好的

人，一個不會對男人心動的男人。

　　相對地，艾里歐則熱情直接，主動進攻，他在自由的家庭中得以真實面對自身情感，無奈為對方的冷靜克制所苦，更嫉妒對方與女性的親暱互動。奧利佛想要戴上面具，艾里歐則想要卸下對方的面具。

　　一次在郵局外的街道上，艾里歐想把心底的愛戀給說開了，這是本劇第一次說開，文字卻又只敢擦邊，迂迴輾轉小心翼翼，成為一個告白的經典場景。

　　奧利佛：你似乎知道的比這邊所有的人還多。

　　艾里歐：但我對重要的事很無知。

　　奧利佛：重要的事情是什麼？

　　艾里歐：你知道是什麼事。

　　奧利佛：幹嘛跟我說這個？

　　艾里歐：因為我認為你該知道。

　　奧利佛：因為你認為我該知道？

　　艾里歐：因為我想讓你知道、因為我想讓你知道、因為我
　　　　　　想讓你知道……因為除了你之外，我沒人可以
　　　　　　說。

　　奧利佛：你說的和我想的一樣嗎？別亂跑，待在原地。

　　艾里歐：你明知道我哪裡都不會去。

　　假面階段，他們看似什麼都沒說，就幾個句子在嘴邊繞來繞去。**對白在此是撩撥的、是擦邊的、是欲擒故縱的，用以試**

探對方底線，在曖昧中逼近真實的。若把這幾句話的潛台詞翻成大白話，會是如下——

奧利佛：你似乎知道的比這邊所有的人還多。（→你是不是有話想說？）

艾里歐：但我對重要的事很無知。（→但我們都在避重就輕。）

奧利佛：重要的事情是什麼？（→那你想說什麼？）

艾里歐：你知道是什麼事。（→我們之間的愛情。）

奧利佛：幹嘛跟我說這個？（→你愛我？）

艾里歐：因為我認為你該知道。（→不要裝傻了。）

奧利佛：因為你認為我該知道？（→你確定你愛我嗎？）

艾里歐：因為我想讓你知道、因為我想讓你知道、因為我想讓你知道……（→我愛你、我愛你、我愛你……）因為除了你之外，我沒人可以說。（→我只愛你……）

奧利佛：你說的和我想的一樣嗎？別亂跑，待在原地。（→我對你也有點感覺，我們得把話講清楚。）

艾里歐：你明知道我哪裡都不會去。（→我會把話講清楚的，就怕你不敢。）

他們的語言在曖昧與迂迴間已經完成了首次溝通，終於在故事進行了大半的篇幅後釋放內心情慾，卸下了假面。他們的靈肉交合，激烈碰撞，於是有了那段以你的名字呼喚我的經典

橋段。

撼動天地的談心時光

　　相對於戴上面具的假面階段，故事往往在接近劇末時有一段「談心時光」，此階段堪稱角色在故事中的赤身露體階段。談心時光可能是角色在營火前的真心話，是一起仰望星空時的大告白，或是真摯誠意的促膝長談。在狂亂過後，在壓抑按捺過後，在夜色籠罩的黑暗時刻，在即將生死離別的最後倒數，人是有可能脫下面具，讓原本對立的人們坦露真心、同理彼此的。角色此時已足夠堅強來面對真實的自己，**即便赤身露體的狀態非常脆弱，但誠實地面對這種脆弱，有時才會給自己與他人帶來最強大的力量。**

　　這種大段獨白時常作為作者的傳聲筒，直白說出想給的價值取向。是角色之間的交流，同時也是給觀眾一個情感與議題上的結論。**談心獨白務必慎用，一次就夠且不宜太早出現，一旦話講開了，之後再也沒有韻味。**一旦作者態度太早被確認，過程也就少了辯證玩味的空間。但接近劇末一段漂亮的談心時光，確實能將作品的意識拉拔到新的高度。

　　《以你的名字呼喚我》有一段絕對是影史經典的談心時間。故事最後，在奧利佛離開並丟下深深失落的艾里歐後，艾里歐的爸爸找他來沙發促膝長談。父親雖看似不知情，但都靜靜觀察，默默協助，只是從不點破。他在目睹著兒子這個充滿愛慾的夏天時，在一旁也被勾起了內心深埋了半輩子的秘密，

在兒子最傷心失落的時刻，他來了一段撼動天地的大獨白，容我花點篇幅引用：

「你們有段很美好的友誼，也許不僅僅是友誼，而我嫉妒你。在我老家，多數父母會希望船過水無痕，祈禱他們兒子振作，但我不是這種家長。我們為了快點痊癒付出一切感情，以致於到了 30 歲就沒有感情付出了。每次碰到新對象能付出的感情更少。但不要讓自己毫無知覺，實在太浪費了……我可能差點擁有卻從來沒有擁有過你們發生的一切。你們所擁有的，總是有東西讓我卻步，或從中阻礙……現在，你還有悲傷、痛苦，別扼殺它，喜悅就會伴隨而來。」

這段獨白已成經典，是談心時刻最煽情催淚的一段台詞。原來父親也戴了半輩子的面具，在成長環境下無法接納自己的同志性向成為他的遺憾。此刻，他為了寬慰兒子，在兒子面前卸下面具，給予他最大的支持，要他勇敢地去感覺去愛，恰如五月天〈擁抱〉所哼唱：「脫下長日的假面，奔向夢幻的疆界。我需要愛的慰藉，就算那愛已如潮水。」

早就告訴你了！
《頂尖對決》鋪陳與布局

　　鋪陳（Exposition）是說故事的藝術，在故事的開場把故事的世界觀、氣氛、背景給建立起來。鋪陳階段，我們會做出很多布局。布局像是在搭建一個舞台，這裡放置些道具，那裡裝個舞台燈，地上畫好演員要站的馬克線，在一切就位後讓好戲上演。

　　大部分的戲劇都是建立在「因果關係」上，一齣建構得宜的戲劇，所有事件皆如骨牌般靠因果邏輯串連在一起，第一個事件發生，就會導致第二、第三、第四個接連發生。結構嚴謹的戲，所有的元素都會用上，沒有冗贅多餘的橋段。

　　鋪陳與置放伏筆，便是在架構一些足夠的「因」，讓後面的事件發生都是有緣由的而不突兀。關於我們所埋下的伏筆，便是一種「預告」，給觀眾一個有關後續故事走向的線索，因**為巧妙地預告了卻又巧妙地隱藏，才能建構出所謂的意料之外、情理之內。鋪陳與伏筆也在建構衝突的潛力，讓未來不會只有單一衝突發生，而是有層出不窮並且越演越烈的衝突發生。**

　　好的鋪陳讓未來發生的一切都有必然性，亦即他們勢必得這樣發生。巧妙置放的伏筆則由一個一個點構成一張網，並在

浮現最後的圖像時讓觀眾拍案叫絕，啊！原來是這樣啊！

鋪陳與布局的魅力

　　《頂尖對決》堪稱鋪陳、布局、敘事、玩弄揭露與隱藏、反轉的經典之作。故事描述 20 世紀初的倫敦，舞台魔術師安杰與波登較勁的故事，兩位優秀的魔術師有著瑜亮情結，都想輾壓對方，終其一生就想得知對方的魔術秘密。他們越來越偏激，即便不擇手段、無視道德也要成為最優秀的那一個！

　　本片一開場就先說了結局，一位魔術師犯了殺人罪行被絞刑吊死，開誠布公告訴觀眾故事的結尾。經典電影《美國心玫瑰情》也使用了**開場便告知的敘事手法**，一開始主角就以獨白告知觀眾他最後會死。**這種預告手法營造了截然不同的觀影體驗**，我們觀賞的心境從「想知道主角『最後會怎麼樣』」轉變成「主角到底是『如何』走到最後一步的？」**觀眾的注意力會從「What」轉變為「How」**。

　　《頂尖對決》開頭便開門見山講述了魔術的原理：「魔術師的三個步驟。首先是以虛代實，魔術師給觀眾看的一個東西並是不完整的；再來是轉折，魔術師把東西給變不見了；還有最後一個步驟，把原本的東西變出來，魔術就完整結束了。」

　　開頭的鋪陳已經預告了戲劇題旨與關鍵秘密的原理，甚至連後頭翻轉的情節都先預告了，只是觀眾乍聽時無知無覺，看到後來才恍然大悟，啊，原來你早就說了。

　　《頂尖對決》中主要著墨的魔術是「瞬間移動」效果，兩

人競相追求完美的效果與全世界無法解釋的秘密，此電影主要著墨的魔術原理是「替身」，意即同一個東西、人、物件都有兩個完全一模一樣的版本，看起來是瞬間從 A 點移動到 B 點了，其實出現的是替身，而非本來的那一個。

這類解謎性質的秘密被揭開時，觀眾確實會很驚奇。但若所有的資訊都被編導給隱藏，那揭露驚喜時的力道會下降很多，因為觀眾毫無頭緒，也無線索，當然只能對一切的驚奇照單全收。但**若置放伏筆在前頭，使驚奇其實有跡可循，那敘事的力道會大上很多。**

《頂尖對決》在鋪陳階段便解釋了一段鴿子戲法。魔術師將籠子的一隻鴿子變不見，實則手法是瞬間把鴿子給壓扁，再度出現的鴿子，看似一樣，其實已經是另外一隻鴿子了。

此訊息若只是被無端揭露，就僅只是結構鬆散的無用資訊，**好的伏筆能在之後產生呼應連結。**魔術師波登在研發瞬間移動的原理時，找到了一台可複製人的科學儀器。他將自己複製後，殺死其中一個自己，讓另外一個複製人能瞬間出現在他方。這完美的魔術獲得極大迴響，其應用的原理與流程，和殺死鴿子再變出鴿子的流程如出一轍，原來該原理早已經被預告了。

同樣的，另外一個魔術師安傑的完美原理也被巧妙鋪陳預示。電影講述了一名瘸腿中國魔術師的秘密，他的招牌魔術是將大魚缸變不見，手法則是將魚缸夾在雙腿之間偷偷帶走，為了掩飾夾魚缸時行動不便的怪異動作，便在現實生活中佯裝成

瘸子。為了魔術，他承受肉體的不便，在現實中扮演一輩子。

這段像是魔術科普的歷史故事當然也非無端說出。魔術師安杰的瞬間移動版本是有一個雙胞胎兄弟，但為了隱藏秘密，他們一輩子都假裝只有一個人，甚至當安杰意外斷指後，雙胞胎兄弟也把手指給切了。為了魔術而在現實生活中扮演的橋段，也早就透過藏魚缸的魔術來預告了。

這就是鋪陳與布局的魅力，每一個元素都是之後情節的「預告」，禁得起看完電影後再回溯推敲並發現截然不同的風景。**好的布局與資訊的置放，會讓說故事產生懸念、驚奇，與反轉。**

▎驚奇與懸念

哪些訊息先說，哪些訊息晚點說，是鋪陳布局階段一場揭露與隱藏的藝術。

希區考克著名的「炸彈理論」正是在講揭露與隱藏產生的不同效果。兩個人在對話，桌底下藏了一個定時炸彈且即將爆炸。若是觀眾不知道桌底下有炸彈，過程會少了張力，但當爆炸的時候觀眾的情感會是無比「驚訝」，因為他們對有炸彈的訊息一無所知。但若觀眾知道桌底下有炸彈，那觀眾的情感將從驚奇轉為「懸念」。意即，我們在兩人談話的過程便已開始緊張並擔憂，炸彈何時爆炸？聊天的兩人會被炸死嗎？「驚奇」效果只發生在最後，「懸念」則持續在整個過程中。

很多新手都會有個誤解，以為鋪陳階段是故事一開場的

事，其實不然，**鋪陳是在整個故事中持續進行的**。創作新手擔心觀眾看不懂，怕他們不知道足夠的資訊，很容易在開場階段便一股腦兒地將所有該知道的資訊丟出，更嚴重的是丟出很多不必要的資訊。**資訊的釋放必須鬆緊有致、有顯有藏，就算是最基本的角色身分背景都不必開門見山，可以於戲劇行動中逐步地讓觀眾知道。**

揭露與隱藏玩的就是魔術理論中的「資訊不對等」與「時間差」。因為觀眾知道的和角色不一樣多，有時被蒙在鼓裡，有時會為角色擔心；而隱藏與揭露之間的時間差，則能累積張力達到有力的翻轉。但若作者不事先釋放任何資訊，最後的反轉也會顯得疲軟，畢竟觀眾無跡可尋，成了作者想幹嘛就幹嘛。

鋪陳、布局、反轉的藝術實在難以一文以蔽之，事實上，本書所有關於角色、戲劇高光時刻與結構的篇章都是都在探討鋪陳與布局。若將人生展開為一則故事，現在發生的每一個細節可能都是人生重大轉折的布局，任何閃現的念頭、小小的善念、悄悄的惡意，一切的一切可能都是伏筆，預告著未來命運，只是我們總是後知後覺。

故事與人生，就是一場最華麗燦爛的魔術秀。

搞笑是一件很嚴肅的事情
《A＋瞎妹》喜劇中的正向魯蛇

　　評論網站「爛番茄」將《A＋瞎妹》列為 2010 年代排名第一的喜劇片。故事描述一對高材生姊妹淘茉莉與艾咪在畢業之前發現自己除了功課好之外，什麼青春回憶都沒有，於是她們要在畢業前一夜放縱使壞，向他人證明她們能 K 書也能玩，證明自己也曾瘋狂一回，不枉青春。

　　喜劇也是戲劇，原理與本書一切的戲劇理論皆同。**喜劇不等於搞笑，寫喜劇也絕對不是寫笑話，它就是一個完整的角色旅程。**

　　喜劇的骨子裡是悲劇，只是我們與悲劇間產生了觀看的距離。大部分的戲劇都在寫角色的受苦受難，我們在認同並喜歡主角的前提下，是會為他們擔心害怕的。但在喜劇的操作中，編導引導觀眾轉換了一個幽默的視角來看角色的悲劇，讓我們暫時擱置了同情心與道德感，忘了有人正在水深火熱，反倒將他們的落難當成一場華麗的脫口秀。

　　此時，觀眾處於一個比角色們高的位子在俯瞰他們，其心理狀態其實挺變態的，我們就想看他們被折磨一會兒，並在他們的磨難中得到趣味。

嚴肅且認真自帶喜感的正向魯蛇

《Ａ＋瞎妹》中，女主角茉莉在戲的一開始就被同學的賤嘴譏笑，她這才發現即便將前往名校，也不過是個邊緣人。她傷透了心，處於一個「極度弱勢」的處境。她不甘受辱，決定要在畢業前夕前往暗戀的肌肉男家中參加那個最壞最狂暴的派對。她「想贏」想瘋了，想在嘲笑她的同學面前證明自己夠壞。但喜劇的地方來了，又胖又乖又聽話又土的她「欠缺關鍵技能」，毫不具備能夠做壞女孩的任何能力，作為觀眾的我們正等待著她生出許多滑稽愚蠢的狀況。

她帶著好姊妹一同前往，卻根本不知道派對在哪兒，兩人在夜間亂闖亂找，滿口叛逆大尺度的黃腔卻根本沒有實戰經驗，她們看到毒品異常興奮卻根本不敢嘗試，不小心吸到之後又愚蠢失態……，她們某方面在「受苦受難」，卻絲毫不以為自己笨拙，反倒充滿「正向思考」地越挫越勇，越發滑稽。

茉莉的正向思考在於她完全相信可以獲得肌肉男同學的心；但我們應該都認為根本不可能。喜劇最可愛的地方在於她並不覺得自己土氣，這是非常重要的。她就這樣傻傻地向前衝，卻衝得很犰，犰得令人啼笑皆非。讓位階比較高的我們莞爾，「啊哈，妳這個傻子。」

在喜劇中，即便茉莉再歇斯底里、萬般胡鬧，但笑料都鎖在她們的個性與欲望裡，而不是讓她們有強烈的自覺想著，「啊，現在要來搞笑了！」角色們是為了想贏才在掙扎中散發喜感，這喜感不是強行突兀由外力來強加的。若讓角色跳出去

專程來向觀眾搞笑，這是不尊重角色的主體性。

千萬不能讓角色自覺在搞笑，只要讓他們執著地朝目標前進，過程中他們的嚴肅且認真自會帶出喜感，我將這類的角色稱為「正向魯蛇」，他們的旅程有以下幾個特徵：

①一開始處於極度弱勢的處境。

好的喜劇角色都是處於一個低迷不得志的狀態，若是寫得太魅力煥發、強勢能幹，則太像傳統的英雄。喜劇角色不是強大的英雄，而是弱小的狗熊，我們就是要來欣賞、訕笑他們滑稽出糗的，若是主角被設定得太強大，則會消減了他們出錯搞砸的潛力。基本上所有的戲劇主角都有角色弱點，但是面對喜劇人物，我們會抱持著看好戲的心態：「哈，你慘了你慘了，哈哈。」

②角色非常想贏，但欠缺關鍵技能。

角色們起始弱勢，想打一場翻身仗，可惜根本能力不足。欠缺技能就算了，他們還不知道自己不行。但身為觀眾的我們知道他們不夠格，知道的比角色更多，於是處於高於角色的位子。我們眼看他們能力不足還傻傻向前衝，這使得我們噗哧一笑，心裡默默地看衰他們：「哎，你等死吧！」

③正向思考與受苦受難。

喜劇是角色的落難記，但他們一開始都以為自己會贏，以為要開的是一場狂歡派對，殊不知是一條鋪滿荊棘的天堂

路。為何會有這個落差？因為喜劇角色都是正向思考，都是認為自己幹得來。喜劇可愛的地方不在於他們「能贏」，而是他們「試著想贏」且「相信自己能贏」。這個落差成為喜劇的根源，我們在螢幕前想的都是「天啊，你到底怎麼覺得自己可以！」同時，也正是這一股傻勁與衝勁獲得我們的認同，因為我們在人生中也真的真的好想贏啊。在他們知其不可而為之時，我們已經悄悄的被他們潛移默化，表面訕笑，實則內心開始深深佩服，開始搖旗吶喊了。

④**覺醒**。
　　喜劇終究得是個喜劇，他們不會敗給難題，不會敗給自己，他們的**正向思考在覺醒後會先轉為悲觀再重新奮起**。覺醒後，我們才會從發笑的狀態裡油然而生一股憐憫心，發現笑歸笑，我們還是好希望如此可愛的他們能夠成功。

▍覺醒與道歉之後，成為喜劇英雄

　　《Ａ＋瞎妹》到了後半中間也走到她們得面對真實人生的階段，喜劇性此時下降，戲劇感提高起來。艾咪終於靠近了愛慕女孩身邊，卻發現她是異性戀，而且還在和摯友茉莉暗戀的對象調情。她有了做愛的機會卻不知所措，搞到萬般尷尬；同時，想出要在這一夜使壞的茉莉，發現她因為太在意其他人的眼光，而傷害了身邊那對最惦記她、真正愛她、一起成長的朋友。

到此，我們開始有點緊張了，因為角色好像真的會開始傷心了。我們從笑鬧中開始祈禱角色能夠「覺醒」，緊張地在螢幕前向他們呼喊著，醒來，醒來！

依然符合三幕劇的準則，角色會在覺悟悔改後成為一個真正的英雄，在《A＋瞎妹》中，茉莉對艾咪說了一句對不起，她承認了自己的問題，「妳被關在監獄裡了，我很抱歉……我知道女人經常道歉，但在這種情況下我真的抱歉，我太自私了……我很抱歉我的控制欲太強了，我無法想像沒有妳的生活……」

茉莉身為一個正向魯蛇，在覺醒與道歉之後，成為了一個喜劇英雄。

> 喜劇是勇敢的，他們都不知道自己做不到，所以傻傻向前衝；喜劇也是尖酸的，身為觀眾的我們在觀看他們落難時笑了，彷彿是比他們更優越的人；喜劇是聰明的，是從悲劇的破口中找到幽默的觀看角度；喜劇也是善良的，作者往往會許這些矬得可愛的人們一個最終的成功。

百大劇本片單中的《40處男》《伴娘我最大》《男孩我最壞》都是優質喜劇，也同樣具有這些橋段，都在建構一個正向魯蛇。喜劇如此樂觀，相信當人善良執著奔向目標時，即便能力不足，但老天會眷顧。**好事總會發生在好人身上，奇蹟會發生在覺醒的人身上。**

腦袋燒出一個洞

《鋒迴路轉》《記憶拼圖》燒腦片的封閉性

> 故事有兩種流派，一種是由人物帶出情節，一種是由情節來主導人物。孰優孰劣，是長久以來的爭論，其實完全關乎故事的定位與類型企圖。

大部分**書寫成長的故事都是由角色出發**，角色的主體性大過情節，有賴鮮活立體的人物來走出故事，此時情節是服務角色內在旅程的外在事件；**情節導向的故事，則是先把千迴百轉的情節給架構出來**，人物更像行走在預先架構好的道路上的棋子，讓情節來主導帶領觀眾的注意力與好奇心。

本格派推理小說即屬後者。這類的推理小說把人物化約為偵探與犯罪者，一個是推理機器，一個是犯罪天才，而他們的個體性則極度簡單。

謀殺天后阿嘉莎克莉絲蒂的作品中，我們根本不太需要知道偵探的身分背景情感狀態，單單著眼於犯罪的詭計和推敲過程，利用燒腦本身來帶給觀眾愉悅。若將其放到文學的框架中去檢視，克莉絲蒂的作品就禁不起檢驗了。這類作品有另外一個現象，即是與現實世界脫節，文本極度封閉。

文本封閉性

有本格派況味的《鋒迴路轉》是 2019 年的偵探推理神片，以純汁原味的推理片入圍 2020 年奧斯卡最佳原創劇本，並入選「21 世紀最佳 101 劇本」。故事描述富裕的犯罪小說家邀請家人到豪宅參加他的 85 歲生日聚會。第二天早晨，管家發現他離奇地以短刃割喉自殺了。警方深信他是自殺，而受到匿名委託的私人偵探與警方一同進行調查，女主角管家成為了焦點人物……

顧名思義，本片情節峰迴路轉，太過曲折燒腦的情節就不詳述，僅以此借題發揮，講一下該情節為導向的劇本走到極致時的文本封閉性。

絕大多數的劇本都是與外在環境緊密相關的，只是相關程度有高有低。**幾乎沒有故事是可以脫離時代背景而存在**，反倒是與故事發生時間及創作當下的社會條件、歷史因素、政經狀態，乃至資本、獨裁、法治、民主等體制與思潮緊密相連。無論是愛情片、驚悚片、喜劇片、青春校園、超級英雄片、懸疑片等各式類型電影都或多或少反映了時代與時局。

驚悚片《逃出絕命鎮》的恐怖氛圍映照出種族歧視的可怖；《異星入境》呈現了當代語言與溝通的鴻溝與匱乏；《魔球》表露了運動與資本主義的掛鉤；《花漾女子》講述了社會對女性受害者的偏見與再剝削；《寄生上流》中華麗的犯罪行為緊扣在社會的貧窮問題與 M 型化社會；《分居風暴》更直接書寫了伊朗宗教對人的影響、男女與貧富的階級問題；就算是校園

YA 片，世界對性的開放程度、社會崇尚集體或個人主義、大眾對男女的標籤期待等，都會影響故事的行進與人物刻畫。可謂，**這個世界長怎樣，人物就長怎樣，議題就往哪裡偏。**

就連**故事發生的時空都會讓同類型的片子產生截然不同的風貌。**以同志電影為例，即便它們的故事都處於異性戀霸權的社會下，仍因時空不同而有不同況味。《斷背山》發生在 1963 年的懷俄明州，當時社會保守氣氛使這段同志戀在禁忌中以壓抑與自我控訴進行；《以你的名字呼喚我》發生在 1983 年的義大利，空間與調性洋溢著耽美與奔放，人物在美景中經歷性的愉悅與青春幻滅；《月光下的藍色男孩》書寫美國這樣的沙文社會對黑人男性抱以威猛形象的期待下，一段處於種族、性向、階層三重弱勢中的同志戀曲⋯⋯

以上，揭示了社會條件、時間、空間等諸多外在變因對劇本產生的影響。但，少部分類型的片子是可以跳脫這些，不與外在世界掛鉤也能自成一格、自給自足地存在的，此類劇本即具有「封閉性」，《鋒迴路轉》即為一例，它**幾乎不與電影之外的世界對話，只在劇本中玩自己的遊戲。**

該片幾乎放在任何時代地域都能成立，只需要一個封閉的別墅、聚集於一塊兒的嫌疑犯、一個特異的偵探，故事便能展開。它唯一與世界思潮掛鉤的就只剩理性主義與科學思維，但這在故事中也不太重要。

這種路線的劇本提供觀眾愉悅的機制在於燒腦，重點在於結構、詭計、推敲的流程必須要夠精巧，意即非常地「佳構」（Well-made）。這種嚴謹、環環相扣、數度反轉、令人驚奇

的情節成為讓人觀賞的賣點。

　　但相較於本格派許多只有詭計卻沒有情感的推理小說，《鋒迴路轉》即便沒有與外在世界有連結，但在詭計之外依然書寫了人性的善與惡、嗔與貪，在破解案件計謀的同時也在拆解人性。**若要成就一個好劇本，絕對不能讓劇本只有詭計，沒有其他。推理小說的詭計只是骨架，我們最低限度仍要添加人物情感與獨特氣質。**

▍讓觀眾與角色精神狀態同步

　　說到封閉性的燒腦劇本，更要提一部更加奇巧到獵奇的推理神片，即諾蘭在 2000 年的作品《記憶拼圖》。

　　《記憶拼圖》描述一名患上失憶症的男子尋找殺妻凶手的故事。因為男子的記憶只能維持 15 分鐘，他必須在無限重複的 15 分鐘內記錄下可用訊息，並在遺忘後根據字條筆記、拍立得照片、刺青等元素來找到凶手。這是一部找真相的懸疑推理片，也是一部為了死去愛人鳴冤的復仇電影。

　　《記憶拼圖》提供的燒腦性簡直走火入魔，除了追凶本身已經夠曲折離奇外，編導還將敘事的時間切成碎片打散，藉由黑白過去與彩色現在的兩相高速穿插，讓我們在跳來跳去的視角下如拼拼圖一樣來還原事件的因果、先後次序、運作邏輯、乃至全貌。這部片子依然與外在世界、社會宗教歷史情境沒有任何關聯，它自給自足，以提供極高的燒腦體驗來製造觀影上的快感。

但本片會成為百大劇本的前十強，其一是其獨特表現與執行手法，情節刁鑽複雜，鋪陳編排上「佳構」精緻，剪接形式上更唯恐天下不亂，意欲造成觀者理解上更大的混亂；其二，他的形式感與帶給觀眾難以理解的焦慮感，是與角色狀態與戲劇主旨緊緊貼合的。

　　故事的碎片化，恰似角色本身記憶的碎片化，使觀眾同時與男主角產生認知上的斷裂；敘事上來回跳躍所造成的焦慮感，同時對應到主角在反覆失憶下的精神焦慮；當我們努力拼湊真相卻不小心迷失時所陷入的無力感，恰恰也是主角尋找真凶卻不可得的無力感。**本片在燒腦的形式之下，所帶出的都是與角色相稱的情緒，不是為了純燒腦而擾亂我們，而是為了擁有讓觀眾與角色精神狀態同步的意義。**

　　最後，故事揭露出了男主角失憶的真相與他拚了命挖掘真凶背後的自欺狀態，這又將故事拉拔到新的層級。原來這不只是個燒腦神片，還是一趟救贖之旅。

　　《鋒迴路轉》與《記憶拼圖》都是封閉性極高的劇本，之所以成功，取決於絕佳的詭計與敘事技巧，讓人在燒腦中得到娛樂。但它們得以成為經典，還是在詭計之外，探討了人性與生命。

似水年華的漫漫人生
《從前，有個好萊塢》《年少時代》
散文式結構

　　昆汀塔倫提諾 2019 年的作品《從前，有個好萊塢》上映後毀譽參半，但仍在幾個具公信力的平台上獲得極高分數，然而許多聲浪都說這片「很不昆汀」，究竟「很不昆汀」具有什麼意涵？影片除了較少的血腥殺戮和語言暴力外，究竟有什麼故事本質上的差別？我們又能從這部電影中看到什麼好萊塢劇本的編劇議題？

　　昆汀是個不折不扣的敘事魔術師，從他初試啼聲的《落水狗》即可看出其語言交鋒為主的劇場感結構，接著《黑色追緝令》消解情節，打亂敘事順序，多線故事並進且彼此交融，立刻奪下坎城成為影史經典，也建立了他的大師地位。自此，昆汀幾乎成為了敘事魔術師。其作品最符合好萊塢劇構基本款三幕劇的大概唯有《黑色終結令》，這片相對冷門，但卻是昆汀對劇本古典結構之熟稔的火力展示。在其扎實的基本功下，他更能恣意地操弄敘事，翻玩經典，實驗新招，挑戰觀影體驗。

　　此文並不一一探討昆汀每部作品的敘事，而就《從前，有個好萊塢》來借題發揮此劇何以不若以往作品那樣具有集中的張力，反而具有某種隨性的詩意。我認為這和劇本的「方向

性」有關，也是古典好萊塢劇本所需的基本配備。

｜主角沒有明確目標的散文式結構

　　一般較為勾人的電影中，不太只能書寫角色閒聊、散步、看星星，意即，純碎書寫角色的生活切片不但沒有衝突，且無法清楚凸顯角色內心的欲望。而最容易讓觀眾明白角色欲望的方式，即建構一個角色的外在目標，那是角色要達成的目標、要前往的方向，此即劇本開頭產生的方向性，是將角色的內心外化為某個切實的行動。

　　劇本有了方向性，觀眾容易聚焦，知道要如何跟從，知道要期待什麼，知道我們可能會獲得什麼，進而可能失落什麼。

　　大部分的劇本都在開頭不久就建立了這種方向性，《玩具總動員3》的一群玩具們都是被迫離家的人，而故事指往的方向就是回家；《瘋狂麥斯：憤怒道》的人們要逃離被奴役的地方去尋找綠洲；《社群網戰》中的祖克柏要成立社群網站來報復前女友；《進擊的鼓手》中的鼓手想要被毒舌導師認可；《辣妹過招》中的辣妹要使盡各種賤招來鬥垮姊妹淘……

> 　　故事的方向性多半都是越快建立越好，讓我們知道故事要去哪裡。但不同於此的其他結構則能給出不同的觀影體驗，諸如「散文式的結構」。

　　散文式的結構中主角沒有明確的目標，就只是像是活著、

過日子，就像你我這般普通人，我們都不是為了獲得歌唱冠軍而活、不是為了拯救世界而活、更不是為了追逐王冠而活，我們這個月為了把妹追逐、下個月為了業績加班、今天為了一場籃球揮汗、過幾天喝個通宵爛醉、年紀長了開始陪伴體弱的家人，我們的人生沒有特定方向，就是存在與活著。

如此的結構稱之為散文結構，極端則如日記，要能吸睛並不容易。**故事沒有指向明確的方向，我們也就只是跟著角色一起生活，旁觀或者參與**，角色可以有天外飛來一筆的橫禍象徵無常、亦能平靜無漣漪地活著，而不論是無常抑或平靜，都是人生。

昆汀的電影雖創意十足無固定章法，愛去哪兒就去哪兒，瞎扯、離題、幹話連篇，但大抵都仍是有方向性的，觀者不至於迷航。《決殺令》一開始就建立了獎金獵人的目的；《八惡人》用敘事的錯置來製造懸疑感，使電影指向暴風雪中小屋屠殺的真相；而角色欲望和外顯任務目標最顯著的莫過於《追殺比爾》，鄔瑪舒曼在復仇欲望的驅使下殺到荼蘼，過關斬將殺向比爾，方向清楚而堅定，絲毫不差。

| 從漫漫人生中找到禁得起細細閱讀的詩意

現在，要說到可能是昆汀作品中最饒富詩意的《從前，有個好萊塢》了。該片是昆汀的返璞歸真，是結構技法上的，亦是情感上的。本劇不玩花俏的敘事，就僅是軟爛的李奧納多和企圖心可有可無的布萊德彼特的心情隨筆。今天感傷了，寫一

筆；今天挫敗而憤怒了，寫一筆；今天把到妹又見到老友了、誤入險境了、被小女孩療癒了，寫一筆。我們像是欣賞這兩人的部落格，文章沒有中心思想，就只是他們自己罷了。整齣戲就在閒散的片段中，構成了1969年的好萊塢的繁華與落寞。

閒散記錄著主人翁的庸碌與困境、自厭與焦慮，東拉西扯帶到各種周邊無足輕重的角色，看似是一個毫無方向性的劇本，對，但也不對。這故事的方向性是隱性的，在散文筆觸中默默指向了一個方向——1969年8月8號的夜晚，曼森家族準備在導演波蘭斯基的家中，屠殺包括其妻子莎朗蒂在內的五個人。

此電影的詩意、昆汀的浪漫與頑皮，就在於這若有似無的指向。在閒散、切片、段落式的書寫中，我們隱約看到了那個嬉皮年代的面貌，我們似乎正在窺視那年代躁動與解放的人們是怎麼共同受害或共同加害了那一場悲劇。我們看到落魄而失勢的明星、自戀而無名的替身是怎麼參與其中，又如何在其中映照出自身的崩壞，乃具體而微至大時代的愛與和平。

但，弔詭的是，他們所作所為又不是直接造成那一場悲劇屠殺的原因，在昆汀的魔法下，他們似乎就只是可有可無、似是而非地參與了曼森家族前往波蘭斯基家中的罪行。

這種毫無方向性，毫無主要事件的劇本的極致莫過於《年少時代》了。影片跨越12年來拍攝，故事圍繞主角，從他的童年6歲講到18歲，書寫過程中經歷的情感起伏，寫他在面對父母、異性、老師、老闆、夢想時的青春成長史。這齣戲徹頭徹尾成了日記，故事唯一要通往的方向是長大。但角色長大要

面臨的核心衝突？長大之路依附在什麼主要事件？毫無線索。我們就跟著故事主角一起活過一回漫漫人生，去承認我們無能擁有命運，是命運擁有了我們，我們無法征服無常，是無常征服了我們。

這類型方向性薄弱的故事會有一種危險，一不小心，就會變成毫無衝突、毫無意義的流水帳或編年史，讓觀眾不知正在走向何方。無論是《從前，有個好萊塢》或《年少時代》，他們的說故事方式之所以成立，乃在他們都具備文學的底蘊，從漫漫人生中找到禁得起細細閱讀的詩意。

我們都是一首生命的詩，在細瑣中活出了偉大。

<總結>
我就是自己旅程中的英雄

　　故事蘊含太大的智慧，本書所提及的只是多重宇宙中的冰山一角，敘事藝術裡廣闊的星辰趨近無限，無法窮盡，本書僅就本人微小的知識所及竭盡分享，希望故事理論能啟發一些新的觀點與角度來賞析電影，看待生命。

　　〈PART 1〉中，我們看到了「改變」是故事的靈魂，去整理出生命中的各種二元對立是如何讓我們從反面出發找到正向的價值。我們提到了角色與衝突，是那些讓我們不顧代價的欲望推進我們，是無數的選擇讓我們成為自己，更在衝突張力構成的極端情境中彰顯獨特性。我們為了所欲所愛付上極大代價，有一天再也回不去了。我們都想當一個被人認同的人，有時是被人同情的弱者，有時昇華成令人崇拜的英雄，有時候隕落為令人不勝唏噓的負面角色。我們在層出不窮的險阻中殺出血路，無畏反派，也當過別人的反派，並在最奮不顧身的那段瘋狂時光中，扮演了一回可愛的偏執狂。

　　〈PART 2〉中，我們勾勒出故事中的各種高光時刻，並從這些閃亮的瞬間中理出故事的結構。一開始，我們尋常人生的平衡被打破了，開始在混亂中尋找新的平衡。一個命定的力量召喚我們啟程，我們往往做了一個有問題的錯誤決定後開始跌

宕起伏，一度沉浸於虛幻的狂喜，又墜入一無所有的靈魂黑夜，並在最慘澹的時候回轉己心，講出了最煽情的三個字——對不起。我們經歷一次又一次的考驗，為的是證明自己已經不一樣了，向世界宣告我能夠反擊。以上的高光時刻邁向了三幕劇，證明人類的自由意志可以改變命運。有時，生命反倒是希臘悲劇，面對那些先天與後天加諸的限制與難關，我們就是戰勝不了。

〈PART 3〉中，我們則更深入地直視一些劇本的議題。怎麼說出漂亮的語言、怎麼書寫愛與愛過、如何在追逐金羊毛的過程中找到新的寶藏、怎樣開啟一篇篇人生續集去面對新的議題……故事是將人生中微小的細節誇張化，讓我們看到被忽視的弊病，與當代社會的病徵與荒謬。

以上，故事便是把晦澀不明的生命梳理出主軸，找到明確的焦點與主題意識，從混沌中分開天與地，從無垠的宇宙中找到要前往的星球，在冗長的人生中找到一段得以象徵永恆的時光。

可惜人生多半沒有故事那般條理分明，清楚明白。平庸如我，活得疲憊，對自己充滿質疑與不滿，但每當埋首創作並從自己靈魂中去擷取靈感時，藉由不斷的修改、打磨，並對照戲劇理論的同時，都會有一個強烈的感覺，我正在用自己的每一天來活出一個精采又華麗的故事，那讓我感到神奇與振奮。

原來，我不只是個說故事的人，我就是故事本身。我不只

在創造故事中的旅程，我也在旅程中。細數幾段人生的重要轉折、幾次不顧後果的起心動念、幾段小鹿亂撞的幸福時光與爆哭噴淚的心碎時刻、幾句那驕傲如我竟會開口說出的對不起、幾次的扭轉戰局或功虧一簣……，我忽然發現，我好認真好認真地在活著。

我在生命的恆河中流動，我在銀河的星辰運行中踩著星球旋轉，我在萬物注定衰殘的科學定律中抓住過青春，我在信服道德的社會價值中當過混蛋，我在人性本惡的社會叢林中選擇過良善，我在最寂寞的夜裡放縱過情慾，我在最不願說再見的時候逞強去瀟灑，我在流浪於曠野數年後毅然地回家……，我又善又惡，又哭又笑，又暖又躁。即便在人生中，我沒有觀眾的注目與認同，遑論崇拜，但身邊有一群關愛我的朋友們伴我面對人生中一切的戲劇性與虛無感，渺小的我可以自信地說那麼一句——

這就是一段英雄旅程呀，我就是這段旅程中的英雄。

誰說這不偉大呢。

Eurasian Publishing Group
圓神出版事業機構
用心同你對話‧視野無限寬廣

如何出版社
Solutions Publishing

www.booklife.com.tw　　　　　reader@mail.eurasian.com.tw

Happy Learning　206

劇本的多重宇宙

馮勃棣導航，39部電影的故事力與生命啓示

作　　者／馮勃棣
發 行 人／簡志忠
出 版 者／如何出版社有限公司
地　　址／臺北市南京東路四段50號6樓之1
電　　話／（02）2579-6600‧2579-8800‧2570-3939
傳　　真／（02）2579-0338‧2577-3220‧2570-3636
副 社 長／陳秋月
副總編輯／賴良珠
專案企畫／尉遲佩文
責任編輯／張雅慧
校　　對／張雅慧‧柳怡如
美術編輯／李家宜
行銷企畫／陳禹伶‧朱智琳
印務統籌／劉鳳剛‧高榮祥
監　　印／高榮祥
排　　版／莊寶鈴
經 銷 商／叩應股份有限公司
郵撥帳號／18707239
法律顧問／圓神出版事業機構法律顧問　蕭雄淋律師
印　　刷／祥峰印刷廠
2023年2月　初版

定價330元　　　　ISBN 978-986-136-652-4

好的故事、性格鮮明的人物，更要搭配不落俗套的舞台！
全書共分成田園篇和都會篇共計225個場景，開啟你的五感，
從視覺、聽覺、味覺等實用元素來塑造場景，
到呈現故事可能的發展和結局，激發你的創造力和想像力。
創作者和表演者必備！書寫任何場景都能刻畫入微、遊刃有餘！

——《場景設定創意辭海》

◆ **很喜歡這本書，很想要分享**

圓神書活網線上提供團購優惠，
或洽讀者服務部 02-2579-6600。

◆ **美好生活的提案家，期待為您服務**

圓神書活網 www.Booklife.com.tw
非會員歡迎體驗優惠，會員獨享累計福利！

國家圖書館出版品預行編目資料

劇本的多重宇宙——馮勃棣導航，39部電影的故事力與生命啟示/馮勃棣
著. -- 初版. -- 臺北市：如何出版社有限公司, 2023.02
　　208 面；14.8×20.8公分 -- (Happy Learning；206)

　　ISBN 978-986-136-652-4（平裝）

　　1.CST：電影劇本　2.CST：寫作法　3.CST：影評
812.3　　　　　　　　　　　　　　　　　　　　　　111020899